워리어스

신림 퓨전 판타지 소설
FUSION FANTASTIC STORY

워리어스 3
신림 퓨전 판타지 소설

초판 1쇄 찍은 날 § 2012년 12월 17일
초판 1쇄 펴낸 날 § 2012년 12월 24일

지은이 § 신림
펴낸이 § 서경석

편집부장 § 권태완
편집책임 § 박우진
본문 디자인 § 이혜정

펴낸곳 § 도서출판 청어람
등록번호 § 제1081-1-89호
등록일자 § 1999. 5. 31
어람번호 § 제1-1505호

주소 § 경기도 부천시 원미구 심곡2동 163-2 서경B/D 3F (우) 420-822
전화 § 032-656-4452 팩스 § 032-656-4453
http://www.chungeoram.com
E-mail § chungeorambook@daum.net

ⓒ 신림, 2012

ISBN 978-89-251-3107-8 04810
ISBN 978-89-251-3070-5 (세트)

※ 파본은 구입하신 서점에서 교환하여 드립니다.
※ 저자와 협의하여 인지를 붙이지 않습니다.
※ 이 책은 도서출판 청어람과 저작자의 계약에 의해 출판된 것이므로,
  무단 전재 및 유포·공유를 금합니다.

WARRIORS

3

[자유를 위한 투쟁]

워리어스

신림 퓨전 판타지 소설 | FUSION FANTASTIC STORY

CONTENTS

Chapter 1 　영혼은 자유로우리 　　　　　　　　7

Chapter 2 　지독한 악연 　　　　　　　　　　31

Chapter 3 　뜻은 하나로 모인다 　　　　　　　55

Chapter 4 　희망인가, 절망인가 　　　　　　　91

Chapter 5 　뜻이 있는 곳에 길이 있다 　　　121

Chapter 6 　필요하면 운도 만들어라 　　　　159

Chapter 7 　통제할 수 없는 변수 　　　　　　183

Chapter 8 　꿈의 나래를 펴라 　　　　　　　209

Chapter 9 　나는 미친개는 몽둥이가 약이지 　231

Chapter 10 　나는 자유인이다 　　　　　　　251

Chapter 11 　잊힌 그 이름 　　　　　　　　　277

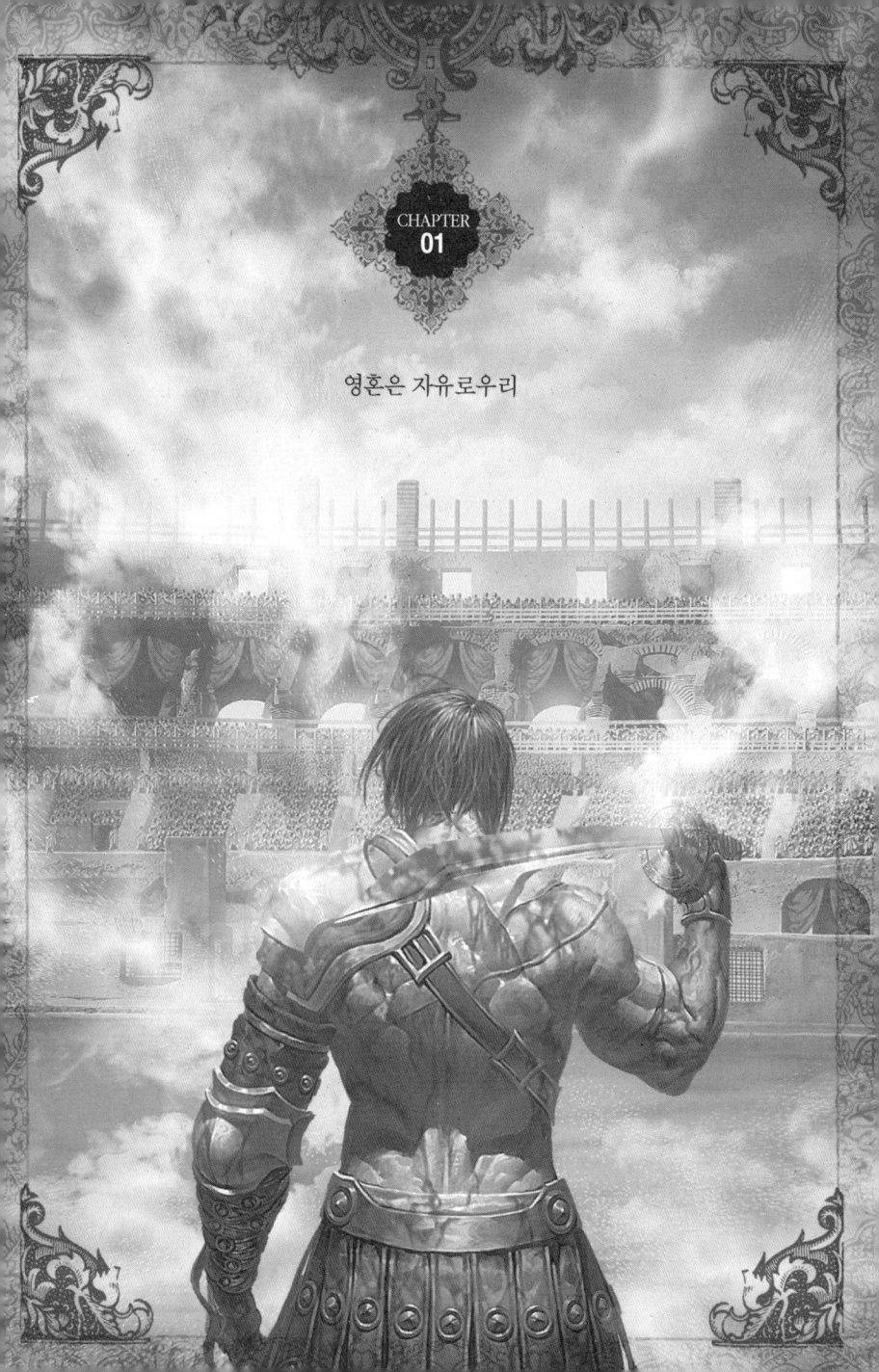

WARRIORS

 벨포스의 아내 아낙수나문은 도시 외곽을 걸으며 어딘가를 찾고 있었다. 노예의 신분이었지만 샤갈의 지시로 혼자서의 바깥출입이 가능했기에 이곳까지 올 수 있었다.
 아낙수나문은 한참을 걷다가 드디어 목적지에 당도했는지 조심스레 문 앞으로 다가갔다.
 똑똑.
 "누구시오?"
 문이 열리며 노파가 나왔다.
 "저, 말씀 좀 여쭐게요. 혹시 여기 줄리아라는 여인이 살고 있는 곳이 맞나요?"

"쥴리아?"

아낙수나문의 물음에 노파의 얼굴이 급격히 굳어졌다.

"네. 금발에 20대 중반이고 생김새는······."

아낙수나문은 혹시 쥴리아라는 여인을 기억하지 못하는 줄 알고 들은 대로 묘사하기 시작했다.

"쥴리아, 잘 알다마다. 그런데 쥴리아와는 무슨 관계인 지······."

노파는 아낙수나문의 얼굴을 살피며 조심스레 물었다. 표정이 좋지는 않아 보였다.

"예전에 알던 동생이에요. 혹시 만나볼 수 있을까요?"

아낙수나문은 태연하게 물었다.

"에휴, 얼마나 친한 사이인지는 모르겠지만 그냥 잊는 게 좋을 거요. 알아봐야 마음만 아프지."

노파는 한숨을 내쉬더니 고개를 저으며 말했다. 뭔가 사연이 있는 듯했다.

"그게 무슨 말인가요? 쥴리아한테 무슨 일이라도······."

아낙수나문은 걱정스레 물었다. 노파의 분위기나 말투로 보아 좋은 일은 아닌 듯싶었다.

"전혀 못 들었소?"

"네. 워낙 바쁘게 살다 보니 그렇게 됐네요."

"휴우우, 잡혀갔다우."

노파는 다시 한 번 긴 한숨을 내쉬며 말했다. 표정이 좋지 않았던 것도 그런 이유 때문인 듯하다.

"잡혀가다니요? 어디로요?"

"어디긴, 노예상인 로비우스지."

"그런……. 그럼 쥴리아는 팔려 간 건가요?"

아낙수나문은 가슴이 철렁 내려앉았다. 쥴리아와 샤막의 관계에 대해서는 어느 정도 알고 있었기 때문이다. 별관에서 워리어스의 짝들은 서로 간에 의지하며 자매처럼 지냈고, 아낙수나문은 그녀들에게는 맏언니나 다름없었다.

모두 그녀에게 의지했기 때문이다.

이번에 쥴리아의 행방을 찾게 된 것도 티아라와 리아, 그리고 애나의 부탁 때문이다.

"나도 최근에야 소식을 들었다우. 건넛집 노튼이라는 노총각이 있는데, 글쎄……."

노파는 말하다가는 표정이 굳어지며 말을 잇지 못했다. 무척 안 좋은 내용인 듯 보였다.

"말씀 좀 해주세요. 무슨 일인데요?"

"지금 쥴리아가……."

노파는 잠시 머뭇거리다가는 결심했는지 노튼에게 들었던 내용을 말해주었다. 쥴리아가 지금 어떠한 처지에 놓여 있고 얼마나 고통 받고 있는지를.

"세상에, 그게 사실인가요?"

아낙수나문은 놀란 표정을 감추지 못했다. 고초를 겪을 것이라는 예상은 했지만 이건 상상조차 할 수 없는 일이 아닌가. 가히 인간이라고 할 수 없을 정도로 참혹한 삶을 살고 있는 것이다.

생각만으로도 끔찍했다. 게다가 이제 갓 태어난 아기의 처지까지 생각한다면 암담했다. 임신 중인 아낙수나문에게는 아이의 존재가 더욱 마음에 걸렸다.

"그렇다우. 그쪽에서는 모르는 사람이 없나 보우. 얼마나 딱하던지. 어린애라도 살리겠다고 그 고생을 하면서도 버티는 걸 보면……. 에휴. 그렇게 연약해 보이던 처자가…… 쯧쯧."

노파는 안타까운 표정으로 한탄했다. 아무리 강단 있는 여자라고 해도 그런 생활이라면 며칠도 버티지 못할 만큼 줄리아는 혹사당하고 있었기 때문이다.

우연히 술 한잔을 걸치고 여자와 즐기러 갔던 노튼에게 불려온 상대가 줄리아였던 것이다. 평소 싹싹한 줄리아와 어느 정도 안면이 있던 노튼은 줄리아가 어떤 사정에 놓여 있는지 듣고는 함께 살던 노파에게 말해준 것이다.

"환락의 거리라고 하셨죠?"

"가보나 마나유. 괜히 봉변당하지 말고 잊으슈. 노튼 말로는 로비우스란 인간이 직접 사람을 보내 관리한다고 하우. 빼낼 수도 없고. 아무튼 그곳 처자 중에서도 제일 힘들게 사는 것 같다 하우."

"그런……."

노파의 당부에 아낙수나문은 가슴이 꽉 막힌 듯 답답하면서도 송곳으로 후벼 파는 것처럼 아팠다. 매음굴에서의 생활만으로도 보통의 여인이라면 견디기 힘들 만큼 고통스러울 텐데 작정하고 괴롭히기까지 한다면 하루하루가 지옥이리라.

"생각해 봐야 마음만 아프니 아예 잊는 게 좋을 거유. 나도 그러고 있으니까. 그 불쌍한 처자를 생각하면…… 흑흑."

노파는 자신이 할 수 있는 최선의 선택을 했다. 아무것도 할 수 없다면 생각조차 하지 않는 것. 그것이 그나마 마음이라도 편할 수 있는 길이다. 고민하고 걱정해 봐야 자신만 고통스럽기 때문이다.

하지만 쏟아지는 눈물은 어찌할 수가 없었다.

"알려주서서 감사해요."

"감사는 무슨, 힘 없는 게 죄지."

아낙수나문은 무거운 마음으로 돌아섰다. 이 사실을 어떻게 알려야 할지 막막했다.

*   *   *

 훈련장에서는 후끈한 열기와 함께 목검 부딪치는 소리가 요란했다. 온종일 훈련을 반복하는 워리어스에게는 지금의 순간이 삶이자 목표였다.
 딱, 따다다닥.
 "조심!"
 부아아앙!
 목검이 중요한 급소를 가격할 때에는 미리 신호를 해준다. 상대는 재빨리 몸을 틀고는 다음 공격을 이어간다.
 휘리릭!
 따다닥!
 공방을 주고받으며 워리어스들은 나날이 성장해 간다. 지금의 땀방울이 훗날 소중한 피 한 방울을 지킬 수 있으리라.
 "그만!"
 "후우우우!"
 "휴우!"
 마스터 벨포스의 구령과 함께 워리어스들은 가쁜 숨을 몰아쉬었다. 드디어 오늘의 일과도 끝이 났다.
 "오늘 훈련은 여기까지! 마나 수련을 할 사람들은 마나 수련실로 가고 나머지는 숙소에서 쉬도록!"

"수고하셨습니다!"

"수고하셨습니다!"

벨포스는 평소와 같은 지시를 내린 후 가주의 집무실로 향했다. 워리어스들은 정중히 인사를 한 후 각자의 숙소로 향했다. 카시아스의 일행은 마나 수련실 쪽으로 이동했다.

최대한 마나를 쌓기 위함이다. 다른 워리어스들에 비해 마나의 양에서 부족했기 때문이다.

똑똑.

"가주님, 벨포스입니다."

"들어오지."

꾸벅.

"오늘 훈련을 마쳤습니다."

벨포스는 평소와 다름없이 일과를 보고했다.

"특이 사항은?"

"없습니다."

"조만간 특별한 연회가 있을지도 모르니 따로 훈련시키라고 한 건 잘되고 있나?"

샤갈은 갈라파고스 가문에서 아직 답이 오지는 않았지만 언제든 그의 초대에 응할 수 있도록 준비 중이다. 갈라파고스 가문을 적으로 돌릴지, 아니면 잡아야 할 동아줄로 받아들여야 할지는 그쪽에서 어떤 답이 오느냐에 달렸다.

막시무스의 제안대로 서로 손을 잡고 갈라파고스 가문에 대항할 수도 있고, 아니면 막시무스의 손을 뿌리치고 갈라파고스 가문에 기대어 득을 볼 수도 있을 것이다.

"지시하신 대로 소환수와 투견 서열 상위의 워리어스들을 특별 훈련시켰습니다."

"신참들은?"

"신참들도 그들과 함께 훈련시켰습니다. 제법 잘 따라가고 있습니다."

샤갈은 만족스럽게 고개를 끄덕였다. 신참들의 성장세가 눈에 띌 정도로 빨랐기 때문이다. 신참들이 이런 속도로만 계속해서 성장해 준다면 내년이나 내후년에는 그야말로 클라니우스 가문의 전성기가 도래한다고 봐도 무방했다.

세르게이가 없는 지금 테일러와 야콥은 콜로세움을 호령할 수 있는 최강자였고, 그 뒤를 이을 후계자도 차근차근 준비되고 있는 상황이다.

갈라파고스 가문이라는 변수만 유리하게 끌어들인다면 클라니우스 가문의 성세는 여전히 계속될 것이다.

"좋군. 특별한 일이 없으면 가서 쉬도록."

"예, 가주님. 그럼 가보겠습니다."

벨포스는 꾸벅 인사를 하고는 별관으로 향했다. 다른 워리어스들과는 달리 벨포스는 매일 밤 아내 아낙수나문과 함께 보낼 수 있었다. 벨포스의 숙소는 워리어스들의 짝이 머무는 별관이었기 때문이다.

"여보, 수고하셨어요."
"당신도."

아낙수나문은 벨포스를 반갑게 맞았다. 다른 워리어스들과 달리 매일 볼 수 있다는 것만으로도 그녀에게는 큰 행복이었다. 직접 시합에 나가는 일이 없었기에 목숨을 잃을 걱정도 없으니 별관의 여인 중에서는 가장 걱정거리가 덜하겠지만 오늘은 그리 밝은 표정이 아니다.

"제가 한 게 있나요? 요즘은 집안일도 안 하는 걸요. 간혹 시장에 왔다 갔다 하는 게 고작이에요."

"임신 중에는 각별히 몸을 조심해야 하니 신경 써. 괜히 넘어지기라도 하면 안 되니까."

벨포스는 그저 아낙수나문이 건강하고 사고가 없기만을 바랐다. 지금 벨포스에게는 오직 그것뿐이다. 클라니우스 가문에서 마스터로 지내며 살아가는 이유는 아낙수나문을 지켜주기 위함이었다.

"제가 무슨 애인가요?"

아낙수나문은 기쁘면서도 한편으로는 투정하듯 말했다.

"걱정돼서 그렇지."

"걱정 마세요. 아무 일 없으니까. 휴우우."

아낙수나문은 벨포스의 마음을 잘 알기에 계속 웃음 짓고 싶었지만 나오는 한숨만큼은 어쩔 수 없었다.

"무슨 일 있어? 갑자기 웬 한숨이야? 표정도 별로 안 좋은 것 같은데?"

벨포스는 그녀의 갑작스러운 한숨에 가슴이 덜컥 내려앉았다. 평소와 다름없는 일상에 걱정거리가 생겼다면 그건 가문의 일과 직결되었을 가능성이 높기 때문이다.

자신으로 인한 게 아닌 다른 걱정거리는 벨포스도 어찌할 수 없는 일이다. 그저 아무 일 없기를 바랄 뿐.

"실은… 상의할 게 좀 있어요."

"무슨 일인데?"

벨포스는 과연 무슨 일인지 걱정스러웠다. 웬만해선 웃음을 잃지 않는 아낙수나문이 이렇게까지 말할 정도면 심각한 문제일 가능성이 높았기 때문이다.

"사실은 제가 오늘……."

아낙수나문은 오늘 있었던 일을 이야기했다. 쥴리아가 살던 곳을 찾아간 일과 그녀에게 벌어진 모든 일을 말했다. 말하면서도 아낙수나문은 가슴이 아팠는지 목소리가 떨리고 눈물까지 글썽거렸다.

"당신이 왜 그런 일에 나서?"

벨포스는 찌푸린 얼굴로 언성을 높였다. 가주가 허락한 자유지만 그렇게 외곽까지 돌아다니는 건 분명 위험의 소지가 있다. 더욱이 도시 외곽은 치안상의 문제도 있었다.

여자 혼자 다니다가 무슨 변이라도 당할까 걱정이 된 것이다. 무엇보다 쥴리아는 가주에게도 굉장히 민감한 문제였기에 이 일로 인해 어떤 대가를 치를지 알 수 없었다.

"하도 간절히 부탁하길래 어쩔 수 없었어요. 우린 가족이나 다름없잖아요. 모두 당신이 가르치는 사람들인데."

아낙수나문은 쥴리아를 찾아갈 수밖에 없었던 사정을 이야기했다. 별관에서는 맏언니로 통하는 아낙수나문의 입장에서는 그녀들의 청을 거절하기가 어려웠기 때문이다.

"정말 그런 일을 당하고 있는 게 사실이야?"

벨포스의 표정도 굳어졌다. 도무지 듣고도 믿기 힘들 만큼 지독한 일이 아닌가.

"아직 확인해 보지는 않았지만 맞는 것 같아요."

"역시 그렇군."

벨포스는 고개를 저었다. 사실 샤갈의 집무실 앞에서 우연히 들은 이야기 때문이다. 그것 때문에 벨포스도 많은 고민을 했던 것이다. 과연 이 사실을 말해야 할지 말아야 할지 쉽게

영혼은 자유로우리 19

결정을 내리지 못한 채 마음고생을 해왔다.
 "설마… 알고 있었어요?"
 "그게……."
 벨포스는 뭐라 말해야 할지 곤혹스러웠다. 아낙수나문의 표정을 보고도 거짓말을 할 수는 없었기 때문이다.
 "말해봐요. 당신도 알고 있었어요?"
 "으음, 실은……."
 아낙수나문이 재차 다그치자 벨포스는 샤갈과 총관의 이야기를 우연히 듣게 된 사실에 대해서 이야기했다.
 "그런……. 그럼 가주님은 이미 알고 있었군요?"
 아낙수나문은 꽤나 실망한 표정이다. 가주가 알아봐야 뭔가 크게 힘을 써준다는 기대는 없었지만 그래도 워리어스들에게는 다른 노예에 비해 특별대우를 해주는 만큼 어떤 조치를 취해줄지도 모른다는 막연한 기대감은 있었기 때문이다.
 하지만 아무런 조치를 취하지 않았다는 건 그 사실을 그냥 묻어두기로 했다는 것으로 볼 수 있었다.
 "피의 제전이 뒤집어졌는데 당연히 알아봤겠지."
 "그럼 샤막은요?"
 "모르고 있어."
 "말해줘야 하지 않나요? 사랑했던 여인이 그런 일을 당하고 있는데……."

아낙수나문은 정작 샤막만 이 사실을 모르고 있다는 게 마음 아팠다. 사랑했던 여인이 아닌가. 그리고 샤막이 워리어스가 된 사연도 그녀를 지키기 위함이다.

그런데 지키려 했던 여인은 그런 험한 꼴을 당하고 있는데도 샤막은 아무것도 모른다는 건 가혹한 처사였다.

"말하면? 구해줄 수 있어?"

"하지만……."

벨포스의 냉정한 물음에 아낙수나문은 대답할 수가 없었다. 그의 말대로 사실을 안다고 해서 달라질 건 없었기 때문이다.

"모르는 게 약이야. 괜히 알아봐야 이곳 생활조차 버티지 못할 거야. 그건 그 여인과 샤막 모두에게 좋지 않아."

벨포스는 샤막에게 이 사실을 비밀로 하기를 바랐다. 어차피 줄리아를 구하는 건 불가능했고, 샤막의 가슴만 헤집는 결과가 되어버리기 때문이다.

이 사실을 안다면 샤막에게 정상적인 생활을 기대하는 건 불가능하다. 어쩌면 이곳에서 난동을 부리다 가주에게 목이 잘리든가 다른 곳으로 팔려가게 될지도 모른다.

"그럼 아이는요? 노예상인 로비우스가 잡아둔 아이는 어떻게 해요? 갓난아이가 얼마나 손이 많이 가는지 모르지요? 옆에서 정성껏 돌봐줘도 어떻게 될지 모르는 게 갓난아이예요.

그런데 로비우스가 과연 아이를 잘 돌봐줄까요?"

아낙수나문은 쥴리아와 샤막의 고통도 크겠지만 아이에게 더 마음이 쏠렸다. 아이가 무슨 죄란 말인가. 더욱이 갓난아이가 얼마나 잘못되기 쉬운 존재인지 알기에 더욱 걱정스러웠다.

늦은 나이에 아이를 가진 터라 더욱 마음이 가는지도 몰랐다.

"쥴리아라는 여인을 잡아두려면 어떻게든 키우겠지."

벨포스도 아이가 걱정되기는 했지만 최대한 좋은 쪽으로 합리화하며 위안을 삼았다. 아이가 잘못된다면 쥴리아도 지옥 같은 고통을 버틸 이유가 없기 때문이다.

쥴리아를 고통 주기 위해서도 로비우스는 아이를 어떻게든 살려둘 것으로 봤다.

"아이를 키우는 게 결코 쉽지는 않을 거예요. 어쩌면……."

하지만 아낙수나문의 생각은 달랐다. 쥴리아는 아이의 생사를 확인할 길이 없지 않은가. 자꾸만 불길한 생각이 들었지만 끝내 말을 잇지는 못했다.

"무슨 말이 하고 싶은 거야?"

"아니에요. 그냥 걱정이 돼서……."

벨포스의 언성이 높아졌다. 벨포스라고 마음이 편하겠는

가. 아무것도 할 수 없다는 현실을 깨달을수록 견디기 힘들었다.

"잊어버려. 그 노파의 말처럼 잊는 게 최선이야. 아무것도 할 수 없는 이상에는."

벨포스는 더 이상 생각하지 않기로 했다. 쥴리아와 샤막은 둘째 치고 계속 마음에 담아뒀다가는 자신의 마음마저 상처받을 것 같았기 때문이다.

"하지만……."

"우리가 할 수 있는 게 없어."

아낙수나문도 현실적으로 도움이 될 수 없다는 건 알았지만 이대로 잊는다는 건 왠지 큰 죄를 짓는 기분이다. 하지만 둘이 뭔가 도움을 줄 방법이 없는 마당에는 벨포스의 말이 틀린 건 아니다.

"그럼 내일 뭐라고 말해요? 분명 물어볼 텐데."

아낙수나문은 과연 어떻게 대답해야 할지 난감했다. 그녀들은 무척 기대하고 있을 게 틀림없었다.

"그냥… 떠났다고 하는 게 좋을 것 같군."

벨포스는 나름대로의 답을 내주었다. 모르는 게 약이다. 어차피 워리어스가 된 순간부터 바깥세상과의 인연은 끝이 난다. 그걸 빨리 받아들일수록 마음의 고통에서 벗어나는 길이다. 자신이 과거에 그랬던 것처럼.

"샤막은요? 만일 가주가 그런 지시를 내리면 샤막은 어떻게 되는데요? 헛된 일에 목숨을 버리는 게 되잖아요?"

아낙수나문은 로비우스를 미끼로 막시무스를 제거하려는 샤갈에게 이용당할 생각을 하면 이대로 덮어둘 수만도 없었다. 샤막은 그야말로 아무 의미도 없는 개죽음을 당할 것이기 때문이다.

"으음. 아무 일 없기를 바라는 수밖에."

벨포스도 그런 일이 염려되기는 했지만 자신이 해줄 수 있는 건 아무것도 없었다.

"난 모르겠어요. 내일 세 사람이 물어볼 거예요. 남자들끼리 친해서인지 티아라와 애나, 그리고 리아도 자매 같은 사이거든요. 나도 그들이 좋아요. 예전에 떠나보냈던 동생들 같아서."

아낙수나문은 어떻게든 돕고 싶었다. 워리어스의 짝들은 대부분 친하게 지내지만 특히나 더 친하게 지내는 그룹이 존재한다. 티아라나 리아, 그리고 애나가 그러했다.

그녀들을 보면 아낙수나문은 죽은 동생들이 떠오른다.

"나도 돕고 싶지만 방법이 없어. 당장은 이렇게 조금은 자유롭게 지내지만 우리는 노예야. 가주의 말 한마디에 언제든 지금의 특권이 박탈될 수 있다는 걸 모르는 거야?"

벨포스는 답답한지 언성이 더욱 높아졌다. 지금 아낙수나문은 착각하고 있다. 이렇게 매일 밤 같이 지낼 수 있고 바깥 출입이 자유롭다고 해서 자유인은 아니다.

지금 같은 생활은 가주의 한마디면 뒤바뀔 수 있다. 이유도 필요 없다. 가주의 기분이 나빠지거나 아니면 필요성이 없어질 때가 바로 그날이 될 것이다.

노예의 신분으로 무엇을 할 수 있겠는가. 벨포스에게는 지금 주어진 이 자그마한 자유를 지키는 것만도 온 여력을 다하고 있기 때문이다.

"알아요. 하지만 당신은 이런 생활이 행복한가요?"

"무슨 말이야?"

"난 물론 행복해요. 당신과 이렇게 함께 있을 수 있다는 게. 그리고 콜로세움에 가는 날도 당신은 무사히 돌아온다는 걸 알기에 행복해요. 하지만 이 행복이 과연 언제까지 갈지 두려워요. 당신 말대로 가주님의 말 한마디면 모든 게 끝난다는 걸 알기 때문이에요."

아낙수나문은 슬픈 얼굴로 이야기했다. 과거에 비한다면 물론 지금은 너무나 행복했다. 벨포스가 워리어스일 때에는 매일 밤을 가슴 조렸고, 콜로세움으로 떠날 때가 가까워지면 심장이 오그라드는 것 같은 느낌에 잠을 이룰 수 없었다.

이렇게 겉으로나마 가정을 꾸리고 살 공간을 얻었지만 이건 모두 모래성이나 다름없지 않은가. 이전에는 이런 작은 행복에도 만족했지만 아이가 생긴 이후부터는 더 이상 만족할 수 없었다.

아낙수나문은 오히려 더 불안함이 커진 것이다.

"이게 최선이야. 내가 만들 수 있는 최선. 이 세상에서 내가 지킬 수 있는 길이고."

벨포스는 더 이상 할 수 있는 게 없었다. 다른 워리어스에게는 허락되지 않은 특권들. 노예의 신분에서 벨포스가 만들어낼 수 있는 건 여기까지였다.

자유를 얻지 않는 이상은 지금보다 더 나은 걸 그녀에게 줄 수 없다.

"알아요. 당신이 얼마나 노력해 왔는지. 하지만 당신이 만족하는 건 싫어요. 난… 내 가족들은… 맞아 죽고… 굶어 죽고……. 사람인데… 짐승처럼 그런 취급을…… 흑흑."

아낙수나문은 죽어가던 가족들이 떠오르자 흐느꼈다. 부모님은 물론 동생들도 참혹하게 죽었다. 돈이 없다는 이유만으로, 힘이 없다는 이유만으로 그렇게 목숨을 잃었다.

"여보……."

벨포스는 그녀의 머리를 부드럽게 감쌌다. 그녀가 어떤 시절을 보냈는지 알기 때문이다.

"물론 지금 같은 생활을 보장해 준 가주님께 고마워요. 당신에게는 더 고마워요. 하지만 우리 아이는요? 우리 아이도 이만큼이나마 살 수 있게 될까요?"

"그건……."

아낙수나문의 물음에 벨포스는 대답할 수가 없었다. 왜 그녀가 불안해하는지 비로소 벨포스는 느꼈다. 자신이 아무리 열심히 가주를 위해 충성해도 그 권리가 아이에게까지 이어지지 않는다는 걸 알기 때문이다. 그건 너무나 확실한 일이다.

"아닐 거예요. 우리 아이가 자라면 워리어스가 되겠지요. 어쩌면 워리어스가 되지 못할지도 몰라요. 그럼 팔려가겠지요. 우리는 노예니까. 우리 아이도 역시 노예겠지요."

"으음."

아낙수나문의 이야기는 모두 맞다. 벨포스는 막연하게 지금의 가정을 이어가길 바랐지만 조금만 냉정하게 생각해 보면 불가능한 일이라는 걸 금방 깨달을 수 있다.

클라니우스 가문은 워리어스 양성소가 아닌가. 워리어스가 될 수 없거나 워리어스 양성에 필요하지 않은 노예에게 가정을 꾸려주고 특권을 줄 이유가 없다.

"뭔가 하자는 게 아니에요. 전 그저… 사람의 마음을 당신이 언제까지나 간직했으면 해요. 나와 처음 만났던 그때처럼."

아낙수나문은 벨포스와 처음 짝이 되었던 때를 떠올렸다.

누구보다 거칠고 강인했던 모습. 노예라는 신분을 거부하고 스스로의 명예를 소중히 했던 뜨거운 청년이 아니었던가.

"아낙수나문!"

"벨포스!"

아낙수나문을 통해 벨포스는 잊었던 과거가 떠올랐다. 아니, 잊으려고 노력했던 과거다. 아낙수나문을 지켜주기 위해서는 전혀 필요 없는 과거이기 때문이다.

카시아스와 마찬가지로 군부의 고위 귀족 가문의 벨포스는 장래가 보장된 군인이자 무인이었다. 명예를 중히 여기는 그가 노예의 삶에 만족할 리는 없다.

아낙수나문이 아니었다면 벨포스는 샤갈에게 끝까지 대항하다 목숨을 잃었을 것이다.

"샤막에게는 내가 말하지. 당신 말이 옳아. 비록 우리를 노예로 취급하지만 우린 노예가 아니니까."

벨포스는 이전의 그 마음을 되새겼다. 그저 목숨을 이어가는 게 무슨 의미가 있는가. 명예로운 사람이라면 어떻게 살아가느냐, 어떤 마음을 품고 있느냐가 중요하다.

사람의 도리를 저버리면서까지 연명하는 게 목적이라면 그건 이미 짐승이나 다름없다.

세상 사람들이 노예라고 부르기 이전에 이미 스스로 노예가 되어버리는 것이다.

"당신은 촉망받는 무사였으니까요. 수많은 병사를 통솔했던 그런 멋진 분이었으니까요. 당신과 처음 만났을 때 이 세상을 뒤엎겠노라고 다짐했던 게 생각나요. 난 그런 거창한 포부를 가졌던 당신이 정말 좋았어요. 내 가족을 짐승 취급했던 이 세상에 복수해 줄 수 있을 것 같았어요."

아낙수나문은 벨포스를 처음 만났던 때를 떠올리자 가슴이 두근거렸다. 얼마나 남자답고 멋진 사람이었던가.

세상에 한을 품고 있던 아낙수나문에게 그런 벨포스는 희망이었다. 벨포스와 함께하며 아낙수나문은 세상에 대한 원한을 차츰 벨포스에 대한 사랑으로 변화시켰고, 이제는 그를 위하는 것만이 삶의 전부였다.

그를 위한 삶, 그를 즐겁게 해주는 게 아낙수나문의 즐거움이었다. 이제는 그의 아이를 가졌다. 더 멀리 봐야 한다. 자신의 삶과 벨포스의 삶이 이어지는 아이의 삶만큼은 이렇게 목숨마저 자유롭지 못한 노예의 삶을 살게 하고 싶지는 않았기 때문이다.

적어도 영혼만큼은 자유롭고 싶었다.

"나도 어느샌가 이 세상에 길들여진 건가……."

벨포스는 가슴 한쪽이 아려왔다. 그렇게나 증오했던 워리어스의 삶이 아닌가. 그런데 이제는 명예를 운운하고 있다.

"아니요. 제 잘못이에요. 저를 지키기 위해 당신은… 모든 걸 포기했으니까요. 항상 고맙게 생각해요. 다만… 그때의 마음은 언제나 여기 가슴에 간직해 주세요."

아낙수나문은 벨포스의 가슴에 부드럽게 입을 맞추었다. 자신이 그랬듯 언제나 자신만을 위하는 사내. 아낙수나문은 벨포스를 만났다는 것만으로도 가장 큰 행복을 얻었다고 생각했다.

"그러지. 절대 잊지 않겠어."

"고마워요."

벨포스는 그동안 잊었던 그 마음을 깊이 되새겼다. 더불어 진정한 명예가 무엇인지도.

WARRIORS

쉬이이익!

목검이 날카롭게 파고들며 겨드랑이 사이로 지나쳐 갔다. 샤막은 팔에 힘을 주며 목검을 고정시키고는 무릎을 차올렸다.

터억.

무릎이 헤수스의 팔꿈치에 막히는 동시에 또 다른 목검이 횡으로 베어왔다.

쌍검의 헤수스.

그는 소환수 서열 2위로 테일러에 버금가는 강자다.

터어엉!

샤막은 목검을 피하기에는 늦었다고 판단하고는 그대로 어깨를 밀며 돌진했다. 헤수스의 가슴과 부딪치며 목검은 힘을 잃었고, 헤수스는 뒤로 밀려났다.

어느새 샤막은 헤수스와 비등한 움직임을 보일 정도로 성장했다. 언제 가주의 명이 떨어질지 알 수 없기에 틈만 나면 피나는 수련을 거듭한 결과다.

"제법인데?"

헤수스는 샤막의 실력에 꽤나 놀랐다. 투견에 대해서 안 좋은 감정 때문인지 샤막의 실력까지도 무시하고 있었다. 하지만 지금 보여준 움직임은 꽤나 마음에 들었다.

"좀 늘었지?"

"투견이라는 게 좀 아쉽지만 괜찮았다."

샤막은 언제나 굳은 얼굴이던 헤수스의 풀어진 표정을 보고 친근하게 반응했지만 역시나 돌아오는 대답은 예상을 벗어나지 않았다.

소환수는 투견을 싫어하지만 그중에서도 헤수스는 탑을 달리고 있었다.

투견에게 죽임을 당한 워리어스가 헤수스와는 개미굴 동료였던 것이다.

"난 투견이니 소환수니 상관하지 않는다. 동료니까."

샤막은 헤수스에게 대응하기보다는 어떻게든 함께 어울리려고 노력했다.

"글쎄다. 다른 투견들은 안 그럴걸?"

"언젠가는 그렇게 되겠지."

둘 사이에 의미없는 대화가 오갔다. 다가가려는 자와 거리를 두려는 자. 헤수스는 투견에게 뒤를 맡길 생각은 추호도 없었다. 하지만 샤막의 입장에서는 소환수든 투견이든 한시라도 빨리 서로의 반감을 없애야만 했다.

소환수와 투견이 하나가 되지 않는 한 이곳에서 탈출한다는 건 불가능했기 때문이다.

휘리리리릭!

쫘아아아악!

"그만! 삼십 분간 휴식!"

벨포스의 채찍이 허공을 가르며 휴식 시간을 알렸다.

"카시아스, 어떻게 됐어?"

"일단 말은 해뒀으니까 알게 되면 알려줄 거다."

샤막은 얼른 카시아스에게 다가와 물었다. 티아라가 줄리아의 소식을 알아보기로 한 지 하루가 지났기 때문이다.

"제발 괜찮아야 할 텐데……."

샤막은 가슴이 두근거렸다. 왠지 불길한 생각을 떨칠 수가 없었다. 워리어스가 된 자신에게까지 마수를 뻗친 로비우스가 쥴리아를 그냥 둘 리가 없었기 때문이다.

"괜찮을 거여. 잘 숨어 있다고 했잖여."

"그렇긴 하지만… 워낙 그놈이 악질이라서."

"좋게 생각하자."

모두 샤막이 불안해하지 않도록 위로했다. 아무리 로비우스라고 해도 꽁꽁 숨어 있는 여인 하나를 찾아낸다는 게 쉬운 일은 아니다. 그저 쥴리아가 아무 일 없기만을 바랄 뿐이다.

"샤막!"

"예, 마스터!"

"잠깐 이야기 좀 할까?"

"아, 네."

샤막은 조급했지만 내색하지 않고 벨포스에게로 갔다.

"마나 수련실로 가지."

"네."

벨포스는 샤막을 마나 수련실로 데리고 갔다. 그곳으로 데려간다는 건 다른 워리어스에게는 알리고 싶지 않은 일이라는 것을 의미한다. 카시아스와 로베로트의 시선이 마나 수련실 쪽으로 고정되었다.

"무슨 일인데 절로 가는 거여? 비밀 이야긴감?"

"글쎄, 무슨 이야기길래……."

카시아스와 로베르토는 과연 무슨 일일지 조마조마했다.

얼마 전의 일도 있고 해서 이번 부름도 예사롭지 않아 보였기 때문이다.

"마스터, 무슨 말인데 여기까지 온 겁니까? 누가 들으면 안 되는 이야기입니까?"

마나 수련실에 들어간 샤막은 카시아스나 로베르토와 마찬가지로 잔뜩 긴장한 채 물었다. 이번에도 로비우스가 뭔가 농간을 부렸거나 아니면 샤갈의 특별 명령이 떨어졌는지도 모른다.

아직은 때가 아니다. 샤막이 살아남기 위해서는 시간이 더 필요했던 것이다.

"그래, 이건 우리만의 비밀이어야 한다. 지킬 수 있겠지?"
"물론입니다."
"일단 약속하자."

벨포스는 굳은 표정으로 단단히 당부했다. 평소의 성격으로 본다면 오버한다고 볼 수 있을 만큼 예사롭지 않은 분위기다.

"뭘 말입니까? 대체 무슨 일이길래······."

벨포스의 이런 모습은 샤막을 더욱 긴장하게 만들었다. 정말 무슨 큰일이라도 생긴 것 같았기 때문이다.

"첫째, 절대로 흥분하지 않는다. 어떤 내용이라도. 알겠나?"

"여기서 흥분할 일이 뭐가 있겠습니까? 뭐, 알겠습니다."

벨포스의 당부에 샤막은 일단 수긍했다. 로비우스가 무슨 짓을 벌인다고 해도 여기 있는 자신은 안전하다. 반대로 로비우스도 안전하지 않은가.

샤막이 할 수 있는 건 화내는 것뿐이지만 그런 무의미한 짓을 하고 싶지는 않았다.

"둘째, 반드시 함구해야 한다. 할 수 있겠나?"

"물론입니다."

이번에도 순순히 응했다. 중요한 이야기라면 자신을 위해서도 함구하는 건 필요했다.

"이 두 가지를 지키지 못하게 되면 아마도 넌 목숨을 잃게 될지도 모른다."

"네? 목숨이라니요?"

벨포스의 엄포에 샤막은 꽤나 놀랐다. 두 번의 당부도 모자라 목숨까지 운운할 정도라면 이건 예상했던 것보다 심각한 일이 있다는 것을 의미한다.

샤막은 과연 무슨 이야기가 나올지 조마조마했다.

"나 역시 위험을 감수하고 말하는 것이다. 네 목숨만이 아니라 나도 위험해진다는 말이다."

벨포스는 얼마나 심각한 상황인지 언급했다. 말처럼 샤막뿐만이 아니라 자신과 아낙수나문의 운명까지도 달려 있는 일이다. 샤막의 반응에 따라 벨포스는 오늘의 이야기를 후회할지도 몰랐다.

"무슨 말이길래 그렇게 겁을 주십니까?"

"내가 어떤 감정 상태이든 여기 마나 수련실을 벗어날 때에는 태연해야 한다. 그렇게 할 자신이 없다면 그냥 나가겠다."

벨포스는 다시 한 번 샤막에게 엄하게 당부했다. 샤막이 이야기를 듣고 난동이라도 부린다면 샤갈의 귀에 들어갈 것이고, 자신도 그 책임을 져야 하기 때문이다.

지난번의 사건도 있고 마스터로서 이번에는 그냥 넘어가지는 않을 것이 분명했다.

"무슨 내용인지는 모르겠지만 저뿐만 아니라 마스터까지 위험에 빠진다는데 당연히 지켜야지요. 저를 위해서 위험을 감수해 주신다니 일단 감사드립니다. 아직은 무슨 일인지 모르겠지만요."

샤막은 벨포스가 원하는 대로 응해주었다. 위험을 무릅쓰면서까지 배려해 주는데 배신한다는 건 말이 안 된다. 어떤 이야기라 할지라도 벨포스에게는 해가 되지 않도록 할 생각이다.

"후우우, 나도 많은 고민을 했다. 그리고 결론 내렸지, 네

게 말해주기로. 물론 쉽지 않은 결정이었다. 내 아내가 아니었다면 난 끝까지 말하지 않았을지도 모른다."

"부인께도 감사드려야겠네요."

"아직 내게도 이전 세상에서의 마음이 남아 있다는 걸 깨달았다. 그래서 말해주는 것이다."

벨포스는 자신이 이런 결심을 하게 된 배경에 대해서 먼저 언급했다. 아낙수나문으로 인해 깨달은 본래의 순수했던 의지. 그 자유의지가 깨어난 것이다.

그 소중한 마음을 벨포스는 하루 종일 새기고 또 새겼다. 그리고 결국 샤막을 부르게 된 것이다.

"말씀해 주십시오. 대체 무슨 일입니까?"

"쥴리아라는 여인에 관한 것이다."

"쥬, 쥴리아 말입니까? 쥴리아는 무사합니까? 그렇지 않아도 소식을 알아봐 달라고 부탁했는데… 부인께 부탁드린 모양이군요."

쥴리아라는 이름이 나오자 샤막은 가슴이 철렁 내려앉았다. 설마 벨포스의 입에서 그 이름이 언급될 줄 어찌 알았겠는가. 샤막은 가슴이 세차게 두근거렸다.

"그렇다. 아무래도 밖을 자유롭게 드나들 수 있는 사람이니까. 아내가 어제 쥴리아가 지내고 있다는 곳을 찾아갔었다."

"쥴리아는 잘 지내고 있습니까?"

"그곳에 없다더군."

벨포스는 고개를 저었다. 다른 말은 하지 않았지만 그의 표정은 그 어느 때보다 어두웠다.

"그럼 어디에……. 설마……!"

샤막은 본능적으로 느낄 수 있었다, 벨포스의 어두운 표정이 의미하는 바를. 하지만 인정하고 싶지 않았다, 벨포스의 입을 통해 직접 듣기 전까지는.

"노예상인 로비우스에게 잡혀갔다고 한다."

"로비우스에게 말입니까? 그 개새끼가 정말!"

벨포스의 입으로 확인하게 되자 샤막의 얼굴이 대번에 사납게 변했다. 절로 욕지거리가 튀어나왔다. 제발 그런 일만은 없기를 바랐는데 결국은 최악의 상황이 된 것이다.

"진정해라. 흥분한다고 해서 지금 뭘 할 수 있지?"

벨포스는 샤막을 진정시켰다. 이런 반응이 나오리라 예상했기에 마나 수련실로 데려온 것이다.

"로비우스 그놈이 잡아갔다면 쥴리아가 무슨 일을 당할지 모릅니다! 그놈이 얼마나 악질인지 모르실 겁니다!"

샤막은 이미 제정신이 아니었다. 당장에라도 뛰쳐나갈 기세다. 쥴리아가 받을 고초를 생각하면 잠시도 여기에 머물러 있을 수가 없었다.

"안다. 여기서 노예상인 로비우스를 모르는 사람이 있을 것 같나? 그러니 진정해라. 이 사실을 전한 게 가주님께 알려진다면 우리 모두 죽은 목숨이니까."

벨포스는 어떻게든 샤막이 진정할 수 있도록 노력했다. 샤갈이 안다면 모두 죽은 목숨이다.

"가주도 알고 있다는 말입니까?"

샤막의 표정이 더욱 굳어졌다. 자신에게 막시무스를 제거하는 대가로 자유를 준다고 하지 않았던가. 로비우스에게 복수할 기회를 주겠노라고 장담했던 가주가 쥴리아의 소식을 알고 있었다는 건 처음부터 자신을 이용만 하려는 속셈으로 볼 수 있었다.

"일전에 너를 공격하도록 사주했던 일을 기억하겠지?"

"그렇습니다."

"그 일로 인해서 조사하신 것 같다. 지금은 관련된 모든 사실을 알고 계시다."

"다 알면서 어떻게 내게……."

샤막은 이를 갈았다. 그동안 샤갈에게 놀아난 걸 생각하니 이가 갈렸다. 처음부터 자유를 줄 생각도, 로비우스에게 복수할 기회를 줄 생각도 없는 게 분명하지 않은가.

"막시무스 가주를 제거하라는 것 말이냐?"

"알고… 계셨습니까?"

벨포스가 내막을 알고 있자 샤막은 놀랐다. 누구에게라도 알려진다면 죽게 된다는 엄포를 받지 않았던가.

"우연히 가주님과 총관이 하는 이야기를 들었다."

"으음. 가주는 모든 걸 알면서 내게 그런 명령을 내렸다는 말입니까?"

"그건 아닌 것 같다. 네게 그런 명을 내린 후에 알게 된 일인 것 같다."

벨포스는 샤갈이 쥴리아의 소식을 알게 된 경위를 말해주었다. 막시무스를 제거하려고 할 때만 해도 로비우스와 어느 정도 관련이 된 것인지는 물론 쥴리아에 대해서도 전혀 몰랐기 때문이다.

"그럼 제게는 왜 한마디도 해주지 않는 겁니까?"

샤막은 가주가 처음부터 의도한 게 아니라는 생각에 다소 안심이 되었지만 그래도 의문은 여전했다. 정말 기회를 줄 생각이라면 쥴리아가 처한 상황 정도는 알려주는 게 도리라고 생각한 것이다.

"해주면? 네가 뭘 할 수 있지?"

"그건……."

벨포스의 물음에 샤막은 대답할 수가 없었다. 냉정하게 바라보면 아무것도 할 수 없다는 게 맞았다.

"지금 우리는 노예다. 그걸 잊지 마라. 바깥세상의 일은 잊는 게 네 자신에게 좋아."

벨포스는 샤막이 허튼짓을 하지 않도록 충고했다. 아무리 워리어스라고 떠받들어도 노예일 뿐이다. 집안일을 하거나 막노동을 하는 노예들과 하나도 다르지 않은 것이다.

"쥴리아를 그 악마 같은 자의 손에 둘 수는 없습니다."

"방법이 없지 않나?"

"가주에게 말하겠습니다. 막시무스를 제거하겠다고."

샤막은 카시아스와의 계획을 접어두기로 했다. 그 계획이 실행되기 위해서는 많은 시간이 필요하다. 그때까지 쥴리아가 지옥 같은 고통을 겪도록 놔둘 수는 없었다.

비록 실패할 가능성이 높지만 일단은 시도해 보기로 했다. 로비우스만 제거한다면 가주에게 목숨을 잃는다 해도 원망하지 않을 생각이다. 아니, 고마워할 것이다.

"아마도 그 명은 내려오지 않을 것이다."

벨포스는 고개를 저었다.

"그게 무슨 말입니까?"

샤막은 놀란 표정으로 물었다. 이제나저제나 명령이 떨어지지 않을까 조마조마하고 있었기 때문이다.

"내가 듣기로는 그 계획 자체를 취소한 것 같다. 그러니 네가 이곳을 벗어날 일도 없겠지."

"그럼 이대로 구경만 하라는 말입니까?"

줄리아의 소식만 몰랐다면 벨포스의 이야기를 환영했겠지만 지금은 다르다. 당장 이곳을 벗어날 수 없다는 게 샤막에게는 고통이었다.

"네가 할 수 있는 건 아무것도 없다. 그래서 알려주지 않으려고 했지만 그래도 줄리아라는 여인의 소식은 네가 알아야 할 것 같아서 위험을 감수하면서까지 말해주는 것이다."

"그 점은 정말 감사하게 생각합니다."

샤막은 벨포스의 배려에 진심으로 고마워했다. 하지만 아무것도 할 수 없다는 게 문제다.

"공치사나 들으려고 하는 말이 아니다. 지금은 네가 이곳 생활에 적응하는 게 중요하니까."

벨포스는 샤막이 줄리아를 잊기를 바랐다. 이곳에서 정해준 짝과 자신이 그랬던 것처럼 다 잊고 살아가기를 바랐다. 그것이 워리어스에게는 최선의 길이었기 때문이다.

"그 후의 소식은 들으셨습니까?"

"그건……."

벨포스는 차마 말을 잇지 못했다. 줄리아가 잡혀갔다는 이야기만으로도 이렇게 흥분하는데 어떤 고초를 겪고 있는지 알게 된다면 과연 샤막을 제지할 수 있을지 자신이 없었다.

무엇보다 줄리아가 처한 상황은 입에 담기도 힘들 만큼 처절하지 않은가.

"말씀해 주십시오. 부탁드립니다. 어떤 말을 들어도 이곳을 나갈 때에는 티내지 않겠습니다."

샤막은 가슴에서 불길이 치솟았지만 애써 억눌렀다. 아무것도 할 수 없다는 걸 알기 때문이다.

"실은······."

벨포스는 아낙수나문에게 들었던 이야기를 그대로 들려주었다. 매음굴에서 특별 관리를 받으며 혹독한 시련을 겪고 있고 짐승보다 못한 생활을 하고 있다는 사실을 가감없이 말했다.

"그, 그런··· 악마 같은 새끼가······."

얼마나 화가 나고 괴로웠는지 샤막의 눈에서 저도 모르게 눈물이 흘러내렸다. 샤막은 자신이 울고 있는지도 몰랐다. 마치 물이 흐르듯 그렇게 흘러내렸다.

"네 마음이 어떨지 알지만 흥분을 가라앉혀라. 나도 당장 달려가 로비우스 그자의 목을 치고 싶지만 우리는 노예다. 절대로 여기서 벗어날 수 없단 말이다."

벨포스도 줄리아의 상황을 이야기하며 분노가 솟구쳤지만 지금은 참아야 할 때였다. 화를 내서 해결된다면 백번이라도 화를 내겠지만 오히려 자신만 죽일 뿐이다.

벨포스는 분노에 떨고 있는 샤막의 어깨를 움켜쥐었다. 만일 아낙수나문이 그런 일을 당하고 있다면 어땠을까. 벨포스는 상상만으로도 피가 거꾸로 솟는 기분이었다.

샤막이 어떤 고통을 느낄지 충분히 짐작할 수 있었다.

"크흐흑, 쥴리아가 그 고통을 겪고 있는데 난 아무것도 할 수가 없다니……. 차라리 자결이라도 할 것이지 왜 지옥 같은 나날을 견딘단 말입니까? 왜?"

샤막을 결국 절규하며 울음을 터뜨렸다. 그런 끔찍한 고통 속에서도 버티는 쥴리아가 오히려 원망스러웠다. 그렇게 살 바에는 죽는 게 차라리 행복하지 않을까.

만일 자신을 기다리는 것이라면 그건 너무나 어리석은 일이다. 샤막은 구해줄 수 없다면 차라리 죽기를 바랐다. 그게 고통을 끝낼 수 있는 유일한 길이기에.

"설마… 몰랐나?"

벨포스의 눈동자가 흔들렸다.

"뭘 말입니까?"

샤막은 벨포스가 무슨 말을 하는지 이해하지 못했다.

"쥴리아가 왜 그 지옥 같은 삶을 그렇게까지 견디고 있는지 정말 모르는 건가?"

벨포스는 샤막이 알고 있다고 생각했지만 지금의 반응을 보니 모를 수도 있다는 생각이 들었다.

"모릅니다. 날 기다리는 것이라면 제발 전해주십시오. 난 이제 갈 수 없다고. 차라리 자결하라고! 크흐흑!"

지독한 악연 47

샤막은 울부짖었다. 더 이상 줄리아가 고통 받지 않기를 바랐다. 이제 자신은 영원히 함께할 수 없기 때문이다.

"으음, 모르는 모양이군."

벨포스는 신음성을 흘렸다. 샤막은 줄리아가 기를 쓰고 견디는 이유를 전혀 모르는 게 확실해 보였다.

"제가 모르는 게 또 있습니까?"

"아이가 있다."

"아이라니요? 설마 우리의……."

샤막의 두 눈이 부릅떠졌다. 온몸이 사시나무 떨 듯 떨렸다. 줄리아가 자신의 아이를 가졌다는 건 전혀 알지 못했다. 미처 말하기도 전에 샤막은 로비우스에게 쳐들어갔고, 치안대에 끌려갔기 때문이다.

재판을 받는 동안에도 줄리아는 만날 수 없었다. 절대 나오지 말라고 신신당부했기 때문이다.

"맞다. 네 아이다."

"그런……."

샤막은 순간 멍해졌다. 지금껏 줄리아의 안전만을 생각했지 아이에 대한 생각은 해본 일이 없다. 이제 바깥세상에 대한 미련은 모두 버렸다고 믿었다.

하지만 인연이 남아 있는 것이다. 자신과 사랑하는 줄리아를 닮은 아이가 바깥세상에 존재하는 것이다.

"로비우스, 그자가 아이를 데리고 있다고 하더군. 쥴리아는 그 때문에 버텨내는 것이고."

"그, 그런……."

벨포스는 쥴리아가 왜 그런 고통을 이겨내고 있는지 말해주었다. 두 사람의 사랑의 결실을 지켜내기 위해서. 쥴리아는 혹시라도 돌아올지 모르는 샤막에게 그 아이를 안겨주고 싶은 것이다.

"후우우, 먼저 나갈 테니 마음을 좀 추스른 후에 나오도록 해라. 그리고… 아내가 어떻게든 쥴리아에게 소식을 전하겠다고 한다. 그러니 전할 말이 있으면 오늘 중으로 내게 말해라. 전해줄 테니."

벨포스는 샤막이 마음을 추스를 수 있도록 마나 수련실을 나왔다. 쥴리아를 구해줄 수는 없지만 샤막의 목숨을 구해줄 수는 있다. 샤막이 이곳에 잘 적응하도록 만드는 게 그것이다.

"끄흐흐흑!"

샤막은 한동안 울부짖었다. 울고 또 울었다. 눈물은 아무리 시간이 지나도 멈추지 않았다.

*　　*　　*

딱, 따다닥!

붕, 부우웅!

워리어스들은 목검을 휘두르며 땀을 흘렸다. 마나 수련실에서는 샤막이 울고 있었지만 워리어스들은 알지 못했다, 자신들의 동료가 얼마나 마음이 찢어지고 있는지를.

"저… 마스터, 샤막에게 무슨 일이라도 있습니까? 마나 수련실에서 나오지 않고 있습니다."

상당히 시간이 지났음에도 마나 수련실에서 샤막이 나오지 않자 카시아스가 물었다. 무슨 일이 생긴 게 아닌가 걱정스러웠다.

"혼자만의 시간이 필요한 것 같으니 방해하지 마라."

"아, 네."

벨포스의 굳은 표정에 카시아스도 더는 말하지 못했다. 그저 감당하기 어려운 일이 있다는 것만 짐작할 뿐이다.

그로부터 한 시간가량이 더 지난 후에 샤막이 모습을 드러냈다. 그의 모습은 초췌해 보였다.

"샤막!"

"뭔 일이여? 표정이 왜 그래? 운 거여?"

카시아스와 로베르토가 달려갔다. 그의 얼굴은 눈물이 마른 자국이 선명했고, 순식간에 살이 쫙 빠진 듯한 느낌이다. 눈빛은 퀭했지만 강렬한 무언가가 느껴졌다.

"카시아스, 계획을 앞당겼으면 한다."

샤막이 차가운 목소리로 말했다.

"갑자기 왜 그래? 워리어스들이 마나 수련법을 새로 수련하려면 시간이 필요하다는 걸 알잖아?"

카시아스는 샤막의 이야기에 당황했다. 이미 결론지어진 일이 아닌가. 샤막에게 무슨 일이 생긴 게 분명했다.

"우리 셋만이라도 실행하자."

"왜 이러는 거여? 우리 셋이서는 불가능한 일 아니여? 우리 짝들은 워쩔 거여?"

샤막은 강하게 주장했다. 하지만 카시아스와 로베르토에게는 난감한 상황이다. 셋만이 탈출하는 것도 거의 불가능했지만 모두에게는 지켜야 할 상대가 있지 않은가.

칼 한번 휘둘러 보지 않은 여인들까지 데려가야 하는 상황에서 셋만으로 친위대를 물리치는 건 불가능했다. 무엇보다 아직은 마나의 양이 부족한 게 가장 컸다.

"제발 부탁이다."

샤막은 애원조로 말했다.

"무슨 일인데?"

"쥴리아가… 쥴리아가……."

샤막은 말을 잇지 못했다. 그만큼 울었는데도 또 눈물이 흘러내린다. 가슴은 요동치고 찢어진다. 온몸을 바늘로 찌르는 듯 고통스러웠고, 머릿속은 망치로 두들기고 송곳으로 찌르는 것 같았다.

"뭔 일이여? 말을 해보드라고!"

로베르토도 뭔가 심상치 않다는 걸 느끼고는 다그쳤다. 아무래도 쥴리아의 소식을 들은 모양이다.

"로비우스, 그 개새끼가 쥴리아를……."

샤막은 쥴리아가 어떤 일을 당하고 있는지부터 자신의 아이까지 모든 이야기를 해주었다. 카시아스와 로베르토는 듣는 내내 주먹을 움켜쥐며 분을 삭이지 못했다.

"샤막! 쥴리아와 네 아이는 꼭 구한다!"

"당연한 소리! 로비우스 그 개잡놈의 대그빡도 내가 부숴버릴 것이여!"

카시아스와 로베르토는 샤막의 어깨를 잡으며 다짐했다. 샤막이 왜 이렇게 나오는지 충분히 공감할 수 있었다. 자신이라도 마찬가지다. 그런 소식을 듣고 어찌 가만히 있겠는가.

"지금 이 순간에도 쥴리아는……."

샤막은 잇몸에서 피가 흘러내렸다. 얼마나 꽉 깨물었는지 잇몸이 피투성이였다.

"하지만 이곳에서 탈출하는 데 성공해야 그것도 가능하다. 네 마음이 어떨지 이해하지만 진정해라. 우선은 탈출하는 게 먼저니까. 탈출하지 못하면 구할 수가 없잖아."

카시아스도 당장 뛰쳐나가고 싶었지만 애써 냉정함을 유지했다. 정말로 쥴리아를 구하고자 한다면 그럴 만한 힘을 가져야 한다. 그러기 위해서는 시간이 필요하다.

그저 스스로 위안을 삼는 게 전부라면 모르겠지만 그렇지 않다면 성공하는 길을 택해야 하는 것이다.

"카시아스 말이 맞당께. 우리가 나가야 뭘 해도 할 것 아니여? 나가다 뒈지면 로비우스 개 개대그빡만 좋은 일 하는 것이여! 걱정하지 말랑께. 내가 그 개잡놈의 대그빡을 부숴 버릴 테니께."

로베르토도 로비우스에 대한 분노로 머리끝까지 화가 치밀었다. 자유를 위해서가 아니다. 로비우스에게 앙갚음을 하기 위해서라도 반드시 탈출에 성공해야 한다.

"진짜… 가능한 거지?"

샤막은 카시아스와 로베르토를 바라보았다. 말은 쉽지만 정말 그런 일이 가능할지는 해보기 전에는 알 수 없었다. 지금껏 단 한 번도 워리어스들의 반란이 성공한 예가 없었기 때문이다.

"워리어스들이 힘을 모은다면 충분히 가능하다. 그러니 저들을 설득하는 데 노력해 보자. 그것만이 우리가 성공하는 길이니까."

카시아스는 자신했다. 성공 여부는 오직 동료 워리어스들에게 달려 있었다.

"후우우. 그래, 너희 말이 맞아. 내가 흥분한다고 해결될 일이 아니지. 반드시 성공하자. 나가면 로비우스 그 새끼는 내 손으로 죽여 버릴 거야."

"꼭 그렇게 될 거다. 반드시!"

샤막도 마음을 가라앉혔다. 지금은 흥분할 때가 아니다. 힘을 키울 때다. 언젠가 그날이 온다면 이 세상에서 가장 무서운 존재는 바로 자신이라는 걸 로비우스의 머리에 새겨주리라.

WARRIORS

똑똑.

"카시아스!"

"테일러!"

마나 수련실에 테일러가 들어왔다. 그의 얼굴이 꽤나 굳어 있는 것이 뭔가 중요한 말을 하려는 듯했다.

"서두르려는 이유가 뭐야? 네 말대로라면 마나 수련할 시간이 필요하잖아."

테일러는 들어오자마자 불만을 털어놓았다. 반란을 시도하는 자체도 위험한 일인데 카시아스는 더욱 위험한 시도를 하고 있었기 때문이다. 애초에 계획했던 거사 일정을 한참이나 앞당긴 것이다.

가뜩이나 불안해하는 워리어스들에게는 부담이 될 수밖에 없었다. 테일러도 카시아스의 결정을 선뜻 받아들이기 어려웠던 것이다.

"그렇게 됐어. 위험부담은 커지지만 시간을 앞당기려고. 너희가 그만큼 노력해 줘야 성공할 수 있겠지만."

카시아스는 결정에 대해서는 바꿀 생각이 없었다. 샤막의 상황 때문에 어쩔 수 없이 계획을 앞당긴 것이다. 기존의 계획대로라면 과연 샤막이 버텨낼 수 있을지 알 수 없었다.

언제 터질지 모르는 불안한 상태였기 때문이다.

"정말 가능하다면 죽을힘을 다해서라도 해야겠지."

"고맙다. 함께해 줘서."

카시아스는 계획을 앞당겨도 성공할 자신이 있었다. 워리어스의 힘을 하나로 모을 수만 있다면. 테일러 역시 성공할 가능성이 제로가 아니라면 시도해 볼 생각이었다.

반란이라는 건 아무리 좋은 여건이 되더라도 위험하기는 마찬가지였기 때문이다. 언제나 목숨을 걸어야 하는 도박인 것만큼은 분명한 일이다.

"자유를 얻는데 못할 게 없지. 그런데 소환수 모두를 설득하는 데는 무리가 있다."

테일러는 어려움을 토로했다. 목숨을 거는 일인 만큼 그들을 모두 설득하는 데에는 한계가 있는 것이다. 뭔가 뚜렷한 걸 제시하기 전에는 불안감을 떨치기 쉽지 않았다.

"네가 하는 말이라면 들을 텐데?"

"서열 1위라고 해서 내 말이 절대적이지는 않아. 여기서 1위라고 해봐야 내가 해줄 수 있는 것도 없으니까."

"그럼 다른 사람들은 결정하지 못한 거야? 기존의 마나 고리를 끊어야 새로운 마나를 쌓을 수 있다."

테일러가 나서면 소환수를 설득하는 데는 별 어려움이 없다고 생각했던 카시아스는 난관에 부딪쳤다. 소환수 모두를 설득할 자신은 없었기 때문이다.

그들에게 자신은 이제 막 신참에서 벗어난 풋내기일 뿐이다. 그런 자신에게 목숨을 맡기라면 누구도 따르지 않을 것이다.

계획을 앞당긴 만큼 지금이라도 마나 고리를 끊고 새롭게 마나를 쌓아야만 친위대를 상대할 정도의 최소한의 마나를 확보할 수 있기에 마음은 조급했다.

"알고는 있지만 나도 그 부분은 선뜻 결정을 못하겠다."

테일러도 다른 소환수와 다르지 않았다. 마나 고리를 끊어야 한다는 게 가장 걸림돌인 듯했다. 다른 소환수들이 테일러의 뜻에 따르지 못하는 이유가 바로 그 때문이다.

"뭣 때문에?"

카시아스는 그들이 마나 고리에 집착하는 이유를 이해하지 못했다. 새롭게 마나를 쌓는다면 굳이 아쉬울 게 없지 않은가.

"지난번 피의 제전 때문에 이번 시합이 어떻게 될지는 모르겠지만 평소대로라면 한 달 후에 우리는 콜로세움에 서게 될 거야. 두 달에 한 번 있는 시합에는 항상 출전했으니까. 만일 지금 마나 고리를 끊고 새로이 마나를 쌓아간다면 과연 우리가 살아남을 수 있을까?"

"으음."

테일러의 이야기에 카시아스는 절로 신음성이 흘러나왔다. 계획을 앞당기는 데에만 집착한 나머지 그 생각을 미처 하지 못한 것이다. 만일 마나 고리를 끊고 마나가 텅 빈 상태에서 시합에 나가게 된다면 다른 가문의 워리어스에게 죽임을 당할 건 분명했다.

"탈출은 고사하고 콜로세움에서 다른 워리어스들에게 당하겠지. 나도 그렇고 다른 사람들도 마찬가지 생각이야. 너희야 신참이고 상대하는 자들이 상대적으로 수준이 낮지만 우리는 다르다. 어떤 가문이든 최강의 워리어스들을 붙여놓거든."

테일러는 마나 고리를 쉽게 끊지 못하는 이유에 대해서 말해주었다. 테일러의 말은 틀리지 않았다. 카시아스 일행이 상대해 온 워리어스들과 이들이 상대하는 워리어스들은 수준 자체가 달랐다.

그런 자들을 마나 없이 상대한다는 건 자살 행위나 다름없었다. 소환수들이 마나 고리를 끊지 못하는 건 너무나 당연하다.

"거기까지는 나도 생각하지 못했다. 큰일인데. 다음 시합만 어떻게 빠질 수 있다면 좋을 텐데."

카시아스도 막막해졌다. 뚜렷한 해결책이 없었기 때문이다. 지금 마나 고리를 끊고 새로이 마나를 쌓아간다고 해도 한 달 하고 보름쯤이 전부다.

그동안 쌓은 마나로 최소한 수년간 마나를 쌓은 워리어스들과 맞상대하는 건 불가능한 일이다.

제아무리 마나 수련에 온 힘을 다한다고 해도 마나가 쌓이는 속도에는 한계가 있다. 이곳에서는 이전 세상에서보다 마나가 쌓이는 속도가 빠르긴 해도 한 달 반이라는 시간은 결코 길지 않다.

무엇보다 카시아스가 전해주는 마나 수련법은 초기에 그 속도가 느리다는 단점이 있지 않은가.

이곳에서의 속도를 감안하면 적어도 한두 달은 지나는 시점부터 가속도가 붙기 시작한다. 다음 시합에 참가하는 건 아무리 봐도 무리일 수밖에 없었다.

"아직 확정된 건 아니다. 본래대로라면 지금쯤 콜로세움에 시합 신청을 하고 거기에 대비한 훈련을 할 텐데 지금은 전혀 준비를 하고 있지 않다. 오히려 이상한 훈련만 시키고 있거든. 우리끼리 하는 그런 시합 말이야."

테일러는 막연하지만 한 가지 가능성을 이야기했다. 지금껏 두 달에 한 번 있는 시합에는 불참한 일이 없지만 이번만큼은 뭔가 달랐기 때문이다.

"아, 요즘 하는 거? 원래 하는 거 아니었나?"

"아니. 지금 우리가 하는 훈련은 보여주기 위한 시합이다. 가주가 콜로세움을 목표로 했다면 이런 훈련을 시키지는 않았을 거다."

"그럼 다음 달 시합에는 참가하지 않을 수도 있다는 건가?"

카시아스는 혹시나 하는 생각에 가능성이 엿보였다. 이곳에 온 지 이제 석 달째가 되어가는 카시아스로서는 알 수 없는 정보다.

테일러의 말이 사실이라면 샤갈은 이번에 있을 시합에는 신경을 쓰지 않는다는 의미다. 그건 불참할 가능성도 배제할 수 없다.

"그럴 가능성이 아예 없는 건 아니다. 나도 그렇게 되기를 기대하고 있지만."

테일러도 막연하지만 그러한 가능성에 무게를 두었다. 아니, 그건 바람이었다.

"으음. 만일 참가한다면… 우리가 상대해야 할 가문은 오로도스 가문일 텐데. 아무리 최강자 세르게이가 없다고 해도 한 달 남짓 쌓은 마나로 상대하기에는 벅차겠지?"

"상대조차 되지 않을걸."

카시아스는 혹시나 하는 마음에 물었지만 대답은 역시나 예상대로다. 클라니우스 가문과 어깨를 나란히 해온 오로도스 가문은 결코 녹록한 곳이 아니다.

테일러와 야콥이 최상의 상태라면 몰라도 대충 상대해서 이길 수 있는 수준이 아니다. 다른 가문에 비해 두 가문은 전체적인 수준이 고루 높았기 때문이다.

"오로도스 가문과의 관계가 예사롭지 않은 것 같으니까 어쩌면 다음 시합은 불참할 가능성도 높아. 아니, 그럴 거야. 가주는 막시무스 가주를 제거하려고까지 했으니까."

카시아스는 막시무스에 대해 상당한 적의를 가지고 있는 샤갈이 이번에는 다른 결정을 내릴지도 모른다고 생각했다. 이전처럼 함께 웃고 떠드는 사이가 될 수는 없지 않은가.

"그게 무슨 말이지? 오로도스 가문의 가주를?"

"그래. 지난번 샤막을 공격하도록 사주했던 일 때문이야.

그리고 그 배후에는 로비우스가 있고."

카시아스는 샤막과 관련된 이야기를 해주었다.

"노예상인 로비우스?"

카시아스의 이야기에 테일러는 무척 놀랐다. 오로도스 가문에서 샤막을 죽이려 했던 이유가 사실 이해가 되지 않았는데 이제야 그 실마리가 풀린 것이다.

로비우스와 원한관계인 샤막. 왜 신참을 굳이 죽이려고 했는지 이제는 알 수 있었다.

"맞아. 그 때문에 계획을 앞당기려고 하는 거다. 본래는 내년쯤 모두가 최강의 상태가 되었을 때를 노렸지만 그럴 여유가 없어졌다."

카시아스는 성공 가능성은 높이기 위한 최적의 상황을 포기했다. 샤막이 최대한 빨리 고통에서 벗어나기를 바라는 이유다.

"으음. 자세한 사정은 나중에 듣기로 하고 일단 가자."

테일러는 일단 시급한 문제부터 해결하기로 했다.

"어디로?"

"소환수들이 연무실에 모여 있다. 친위대와 마스터의 눈을 피해서 모였으니까 가자. 이런 기회가 많지 않아. 일과 외의 시간에는 우리가 모두 모여 있는 걸 싫어하거든."

테일러는 오늘 어떤 식으로든 결정을 내릴 모양이다. 소환수들이 설득되면 함께하는 걸로, 아니면 모든 걸 없던 일로 할 생각인 것이다. 이는 모두 동참하거나 모두 불참하지 않으면 해결되지 않을 문제였다.

"반란이라도 꾀할까 봐 겁나는 모양이지."

"뭐, 마나 속박을 믿고 있어서인지 직접적으로 표현하지는 않지만 눈치가 보이는 일은 분명하지."

"가자. 내가 설득해 보지."

카시아스는 어깨가 무거웠다. 소환수들을 설득시킬 수 있느냐에 따라서 반란의 성공 여부가 달려 있다. 샤막과 로베르토만으로는 절대로 성공할 수 없는 일이다.

짝들까지 감안한다면 이번 결정으로 반란 계획 자체를 포기해야 할지도 몰랐다.

웅성웅성.

연무실 안으로 들어서자 꽤나 소란스러웠다. 연무실은 방음이 잘되어 있어 밖에서는 소리가 거의 들리지 않았다.

"다들 조용히 좀 하자! 친위대가 오기라도 하면 어쩔 거야?"

테일러는 소환수들을 향해 소리쳤다. 방음이 되어 있다고는 해도 완전히 차단되는 건 아니다. 혹시라도 친위대가 들어온다면 수상하게 생각할 수 있는 상황이다.

"이봐, 카시아스! 우리 심장에 있는 마나 고리를 전부 끊어 버리라고? 그게 말이 돼?"

"아니, 정말 마나 속박에 걸리지 않는다는 보장이 있는 거야?"

"다음 시합 때 콜로세움에서 죽으라는 말이잖아?"

소환수들은 너나 할 것 없이 카시아스에게 불만을 쏟아냈다. 그건 불안감의 표현이다. 지금 가장 걸림돌은 마나 고리를 완전히 끊어 마나를 텅 비운다는 것이다.

그건 목을 내놓으라는 것과 하등 다를 바가 없는 일이었다. 언제나 죽음과 함께하며 살아남아 온 워리어스들에게 마나를 빼앗는 건 모든 걸 빼앗는 것과 다름없었다.

"다들 조용! 일단 카시아스 말부터 듣자."

"쳇! 그러지, 뭐."

테일러는 일단 카시아스가 소환수들을 설득할 기회를 주었다. 카시아스가 어떻게 하느냐에 따라 앞으로의 운명이 달려 있다. 이들의 불안을 어떻게 해소시켜 줄지가 관건이다.

"너희가 불안해하는 건 안다. 목숨을 걸어야 하는 건 분명한 일이니까. 당연히 불안하겠지."

카시아스는 일단 소환수들이 불안해하는 부분에 대해서는 솔직하게 인정했다. 그건 누구라도 당연한 일이다. 문제는 과연 목숨을 걸 만한 일인가 하는 것이다.

"그전에 한 가지만 묻겠다. 너희는 이곳에서 말도 안 되는 명예 운운하며 워리어스로 행세하며 살고 싶은가? 아니, 정말 그런 게 명예롭다고 생각하나?"

카시아스는 소환수들의 솔직한 마음을 물었다. 겉으로 떠드는 명예 따위는 중요하지 않다. 진정 원하는 것, 정말 목숨을 걸 만한 가치가 있는 것을 의미한다.

"그거야……."

"우리가 별수 있나."

평소에 명예 운운하며 워리어스에 대한 자부심이 높던 자들도 지금은 똑같은 말을 할 수 없었다. 여기 있는 모두가 워리어스이고 누구보다 그 실체를 잘 알기 때문이다.

"아니면 자유를 얻고 싶나? 아니, 자유를 얻기 위해 목숨이라도 걸겠나? 그런 각오가 되어 있나? 나는 자유를 얻기 위해서라면 이 목숨을 바칠 각오가 되어 있다."

"죽으면 다 무슨 소용인데?"

"그냥 시도하는 데 의미가 있다면 나는 반대다."

"가능성이나 있는 일인가?"

모두는 카시아스의 주장에 대해 부정적이었다. 그저 시도만 하다 죽을 거면 진작에 했을 것이다. 지금 있는 자들은 모두 살아남은 자들이다. 어떤 역경 속에서도, 심지어는 동료를 희생해 가면서까지 어떻게든 살아남은 자들이다.

이들에게 살아남는다는 건 무엇보다 중요한 일이었다.

"가능성은 충분하다. 난 확신한다. 너희를 믿으니까."

카시아스는 자신있게 말했다.

"쳇."

"으음."

카시아스의 자신감은 불만을 표출했던 워리어스들의 입을 쏙 들어가게 만들었다. 자유가 싫은 사람은 없다. 다만 불안할 뿐이다. 그것이 불만으로 표출되는 것뿐.

"너희의 힘은 너희가 가장 잘 알 거다. 경비대나 친위대 따위가 우리 워리어스의 상대가 된다고 생각하나?"

"마나 속박만 없다면야 당연히 상대가 아니지."

"우리가 누군데? 매번 목숨을 내놓고 싸워 살아남은 워리어스야. 훈련만 죽으라고 한 놈들이 우리 상대나 될 것 같아?"

카시아스의 물음에 워리어스들의 표정이 변했다. 오직 강해지기 위해 매일 수련해 오지 않았던가. 친위대든 기사단이든 누구라도 이길 자신이 있었다.

그것이 강함을 추구해 온 워리어스의 유일한 자부심이다. 워리어스를 죽일 수 있는 자는 오직 워리어스뿐인 것이다.

"그렇기 때문에 우리는 성공한다. 마나 속박에서 자유로울 수만 있다면 실패할 수가 없다."

 카시아스는 이들의 그런 자부심이 하나로 뭉칠 수만 있다면 반드시 성공하리라 생각했다. 본래의 힘만 사용할 수 있다면 실전 경험이 거의 없는 친위대는 상대가 아니다.

 제아무리 강하다고 해도 실전 경험이 없다면 그건 인형이나 다름없다. 같은 동작이라도 실전에서는 수도 없는 변화가 존재한다. 임기응변에 따라 생사가 오가기도 한다.

 제아무리 뛰어난 검술을 익혔다고 해도 목숨을 걸고 체험해 온 워리어스들을 어찌 당하겠는가.

 "그러니까 확실히 마나 속박에서 자유로워질 수 있냐고!"

 "물론. 난 그렇게 생각한다. 난 마나 속박에서 자유롭고, 나와 너희의 차이는 마나가 단전에 쌓이느냐 심장에 고리를 형성하느냐 그 차이뿐이니까. 그래서 새롭게 마나를 쌓으라고 하는 거다."

 카시아스는 마나 고리를 끊어야만 하는 이유에 대해서 이야기했다. 마나 고리를 끊지 않고는 절대로 반란을 성공할 수 없기 때문이다. 관건은 제 힘을 낼 수 있느냐 하는 것이다.

 "하지만 다음 시합은 어떡하고?"
 "다음 시합 때 칼 맞아 죽으면 무슨 소용이야?"

카시아스의 뜻을 모두 이해하지만 마나 고리를 끊는 부분에 와서는 여전히 결론을 내지 못했다. 당장 현실적인 문제에 맞닥뜨리기 때문이다.

"그게 가장 큰 문제다. 다음 시합만 어떻게 빠질 수 있으면 좋겠지만 그건 나도 장담할 수 없는 일이다."

카시아스도 이 부분에서만큼은 대안을 내놓지 못했다. 당장 시합에 출전하지 않도록 만들 수는 없기 때문이다.

"만일 마나 고리를 끊지 않는다면 안 되는 거야?"

"지난번 피의 제전 때 느꼈겠지만 마나 속박이 발동되면 움직이기조차 힘들게 될 거다. 그럼 친위대는커녕 검을 배우지 않은 사람들조차도 감당하기 힘들겠지."

"결국 마나 고리를 끊으라는 거잖아? 다음 시합 때 죽더라도."

결론은 지금까지 고민했던 그대로 돌아왔다. 마나 고리를 끊어야 하지만 그렇게 되면 당장 목숨을 부지하기 어려워진다. 이러지도 저러지도 못하는 상황이다.

"결론은 그렇다. 마나 고리를 끊고 한시라도 빨리 새로운 마나를 수련해야 한다. 그래야만 마나 속박에 걸리지 않고 친위대를 상대할 수 있으니까."

무엇이 필요한지는 분명하다. 다만 시간이 부족했다. 새로운 마나를 쌓을 만한 시간만 주어진다면 성공할 수밖에 없는 일이지만 한 달 반 후에 있을 시합이 가장 큰 문제였다.

"친위대를 굳이 상대할 필요가 있을까? 몰래 빠져나가는 방법도 있잖아? 물론 경비를 서는 친위대만 제거하고 말이야. 너와 샤막, 로베르토는 마나 속박에서 자유롭다고 했으니까 너희가 경비만 제거해 버리면 될 것 같은데."

소환수 하나가 다른 대안을 제시했다. 위험을 무릅쓰지 않는 방법이다. 마나 속박에서 자유로운 워리어스가 세 명이라면 경비를 제거하는 건 충분하기 때문이다.

나머지는 이곳에서 벗어난 후에 새롭게 마나를 수련하면 되지 않는가.

"만일 발각되면? 우리야 그렇다 쳐도 너희는 도망갈 수 있을까? 아니, 우리 짝들은?"

하지만 보기에는 간단해 보이는 방법이지만 그건 최악의 길이었다. 항상 최악의 상황을 가정한 상태에서 대비해야 하는데 그 방법은 맞닥뜨렸을 때 해결할 수 있는 가능성이 아예 없었다.

발각되는 즉시 몰살당하게 되는 가장 위험한 도박이다.

"짝들까지 데려가는 거야?"

"그럴 생각이다. 넌 혼자 가고 싶나?"

"으음. 가능하면 나도 함께 가고 싶다."

짝까지는 미처 생각하지 못했던 소환수들은 웅성거리기 시작했다. 그들도 유일한 안식처는 짝이다. 카시아스와 다르지 않다. 이곳에서 버텨낼 수 있는 가장 큰 이유인지도 몰랐다.

짝까지 함께 간다고 생각하니 더욱 책임감이 느껴지는 모양이다.

"그래서 우리는 조금이라도 빨리 강해져야 한다. 그러려면 지금이라도 심장의 마나 고리를 끊고 새롭게 마나를 수련해야 한다."

짝을 언급한 건 꽤나 성공적이었다. 불만을 토로했던 소환수들도 한풀 꺾였다. 짝과 바깥세상에서 살고 싶은 마음은 너나 할 것 없이 간절했기 때문이다.

"투견들은?"

"일단 말은 해뒀다. 그들이라고 자유를 마다하지는 않을 거라 생각한다. 너희처럼 고민하고 있겠지."

"투견들을 믿을 수 있겠어?"

"그놈들은 우리 등 뒤에서 칼을 꽂을 놈들인데."

투견에 대한 이야기가 나오자 분위기는 다시금 냉랭해졌다. 역시 소환수와 투견 간에는 좁혀지지 않는 벽이 존재했다.

"그건 너희도 마찬가지 아닌가? 이전의 시합에서 서로 주고받았다고 알고 있는데?"

 카시아스는 잘잘못을 분명히 했다. 서로 간에 신뢰가 깨진 건 한쪽의 잘못이 아니다. 서로 일정 부분 책임이 있는 것이다.

 "그건 그놈들이 먼저……."

 "누가 먼저든 중요하지 않다. 그들은 이 세상의 사람들이지만 우리와 다르지 않다. 갈 곳이 없으니까."

 카시아스는 소환수와 투견을 같은 선상에서 보았다. 어차피 노예의 신분이고 반란에 성공하더라도 마찬가지의 신세가 아닌가. 고향으로 돌아갈 수도 없고 평생을 숨어살아야 한다.

 결국 소환수들과 처지가 다르지 않았다.

 "테일러, 네 생각은 어때?"

 소환수들의 분위기는 처음보다는 많이 기울었다. 이제 조금만 더 설득한다면 충분히 뜻을 모을 수 있을 것 같았다. 하지만 뭔가 결정적인 한 방이 모자란 감이 있었다.

 그들은 마음이 기울었으면서도 선뜻 결정하지 못했다. 다음 시합이 내내 마음에 걸렸기 때문이다.

 "난 카시아스의 계획에 동참할 생각이다. 그리고 마나 고리는……."

 핏, 피피핏.

 투두두둑!

뜻은 하나로 모인다

"끄으으으윽!"

테일러는 모두가 보는 앞에서 인위적으로 심장의 마나 고리를 끊어버렸다. 그건 엄청난 고통이 수반된다. 순간적으로 온몸에 힘이 빠지고 마치 혼이 빠져나가는 기분이다.

테일러는 고통을 참으며 이를 악물었다.

"테, 테일러!"

"테일러!"

소환수들은 테일러의 갑작스러운 행동에 놀랐다. 가장 놀란 건 카시아스였다. 테일러가 갑작스럽게 일을 내버릴 줄은 전혀 예상하지 못했기 때문이다.

"헉헉! 방금 심장의 마나 고리를 끊었다. 이제 내 몸 안에는 마나가 텅 비어 있다."

테일러는 가쁜 숨을 몰아쉬며 말했다. 서열 1위로서 이렇게라도 하지 않으면 언제까지고 결말이 나지 않을 걸 알기에 몸소 실행에 옮긴 것이다.

"당장 내일부터 훈련은 어떻게 하려고?"

서열 2위 쌍검의 헤수스가 걱정스레 물었다. 다음 시합은 고사하고 과연 평소의 훈련조차 소화해 낼지 알 수 없었기 때문이다.

"훗. 모험을 해야겠지. 어쩔 수 없잖아? 난 이곳에서 평생 노예로 살며 동료들을 죽이고 싶지는 않으니까."

테일러는 아직은 고통스러웠지만 애써 웃음 지었다.

"쳇, 누군 그러고 싶나? 뭐, 테일러는 우리의 리더니까 따라야지. 나중에 어떻게 되든 시도는 해보지."

테일러가 보여준 행동은 모두에게 자극이 되었다. 서열 2위인 헤수스도 마나 고리를 끊기로 했다.

"헤수스!"

막막함에 답답했던 카시아스의 얼굴이 밝아졌다. 두 사람 덕분에 분위기는 거의 기울고 있었다.

"해보자고! 이 지긋지긋한 곳에서 해방시켜 주길 바란다!"

"로이!"

"나도 예전에는 잘나갔었는데 말이지. 그때가 그리운걸. 다시 한 번 꿈을 꿀 수 있다면야. 동참하겠어."

"세스크!"

로이와 세스크까지 나서자 분위기는 완전히 기울었다. 서열 1위부터 4위까지 모두 동참한 것이다. 그들은 소환수들의 리더 그룹이고 그들의 뜻은 곧 소환수를 대표한다.

같은 노예지만 이들이 미치는 영향력은 컸다. 모두 알게 모르게 의지하고 있기 때문이다.

"젠장! 해보자고! 죽기 아니면 까무러치기지."

"썅! 우리가 언제부터 노예야? 지들 멋대로 끌고 와서 죽어라 부려먹고! 확 뒤집어엎어 보자고!"

"지금 다 끊어버리자! 시발!"

소환수들도 하나둘 동참하기 시작했다. 그들은 너나 할 것 없이 마나 고리를 끊기 시작했다. 상당한 고통이 따랐지만 자유를 위해서라면 그쯤은 감수할 수 있었다.

소환수들의 마음은 이렇게 하나로 모이고 있었다.

* * *

"야콥, 지금 소환수 놈들 죄다 연무실에 모여 있어."

"으음."

제이콥이 다급하게 야콥의 마나 수련실로 들어와서 말했다. 제이콥은 투견 서열 4위로 끝에 낫이 달린 쇠사슬을 주무기로 한다. 상당히 호전적인 성격이고 소환수와는 특히 사이가 나쁘다.

야콥은 심각한 표정으로 생각에 잠겼다.

"뭔가 하려는 모양인데? 우리도 대비해야 하는 거 아냐?"

제이콥은 소환수와 투견 간에 뭔가 대대적인 충돌이 있지 않을까 우려했다. 그게 아니라면 소환수들이 몰래 똘똘 뭉쳐서 음모를 꾸밀 이유가 없기 때문이다.

"그런 거 아니다."

하지만 야콥의 생각은 달랐다.

"그럼 저 새끼들이 왜 모여서 지랄들인데?"

제이콥은 소환수들이 모여 있는 이유를 전혀 알지 못하는 듯했다. 하지만 야콥은 어느 정도 짐작하고 있었다.

"내가 말했던 것."

"설마 그 말도 안 되는 일?"

제이콥의 얼굴이 일그러졌다. 야콥 역시 투견들에게 카시아스의 계획을 알렸기 때문이다. 하지만 대부분의 반응은 부정적이었다. 오히려 소환수들보다도 더 반란에 있어서는 불가능한 일로 단정 지었다.

투견들은 이쪽 세상의 사람들이고 워리어스들의 역사를 잘 알기 때문이다. 이제껏 워리어스들의 반란이 성공한 예가 단 한 번도 없었다. 수백 년간 불가능했던 일이 이번이라고 가능할 리는 없는 것이다.

그렇기에 소환수들과는 달리 투견들은 별다른 고민도 없이 반대하기로 결정한 것이다.

"글쎄다. 저놈들은 말이 된다고 생각한 모양이지."

야콥도 반란에 성공할 수 없다고 생각했지만 소환수들의 마음은 이해했다. 그들은 이 세상에 대해 무지했기에 그런 희

뜻은 하나로 모인다

망이라도 품을 수 있는 것이다.

"그럼 어쩔 거야? 만일 진짜 해버리면? 우린?"

제이콥은 투견들은 배제한 채 소환수들끼리 반란을 일으킬까 걱정되었다. 투견들이 반대해도 충분히 자기들끼리 저질러 버릴 가능성이 높기 때문이다.

"우리도 결정해야겠지."

야콥도 뭔가 해야 한다는 데는 의견을 같이했다.

"가능하다고 생각해?"

"지금껏 워리어스들의 반란이 성공한 예는 없다. 하지만… 일단 카시아스가 마나 속박을 받지 않는 건 확실하니까. 그건 내 두 눈으로 확인한 사실이야."

야콥은 카시아스라는 변수로 인해 생각이 복잡해졌다. 마나 속박에서 자유로운 존재. 그로 인해 가능성이 커진 게 사실이다.

"콜로세움이 세워진 지 몇 백 년인데 그동안 워리어스의 반란이 성공한 예는 없잖아?"

"아직까지는."

"차라리 가주에게 말해 버리는 게 어때? 어차피 안 될 거라면 우리라도 살아야지."

제이콥은 어차피 안 될 일이라면 투견들만이라도 살아남을 방법을 모색하고자 했다. 혹시 아는가. 상이라도 받을

지. 괜히 안 되는 일로 목숨을 버리느니 그게 현명한 선택이다.

피식.

"말하면 우린 살려줄 것 같아?"

야콥은 그런 제이콥을 비웃었다.

"우리가 무슨 잘못을 했는데?"

"가주는 절대 불씨를 남길 사람이 아니다. 아마 여기 있는 워리어스를 모두 죽이고 새로 키울 거다. 분명히."

야콥은 이곳에서의 생활이 오래된 만큼 샤갈 가주에 대해서도 꽤나 정확히 파악하고 있었다. 그가 얼마나 철두철미한 인간인가. 이해관계에 밝았고 절대로 손해 보는 일은 하지 않는다.

필요하다면 어떤 잔인한 일도 눈 하나 깜짝하지 않고 해치울 위인이 아닌가. 반란이 시도된다면 이곳의 워리어스는 가담 여부에 관계없이 모두 싹쓸이할 위인이라는 게 야콥의 판단이었다.

"씨발! 그럼 우린 뭐야? 소환수 놈들 때문에 이러지도 저러지도 못하고 죽게 생겼잖아?"

제이콥은 절로 욕지거리가 튀어나왔다. 생각하기에는 억울한 일이다. 반란을 한 것도 아닌데 소환수들 때문에 죽게 생긴 것이다. 반란을 안 해도 죽고 가주에게 그 사실을 알려도 죽는다. 투견들로서는 반란이 시작되는 시점부터 살아남을 가능성이 없었다. 반란이 성공해서 함께 도망가는 것 외에는.

"반란이 실패한다면… 우리도 죽겠지."

야콥은 어차피 반란을 막을 수 없다면 성공하는 게 유일한 살길이라고 판단했다.

"그럼 어떻게 해?"

"소환수들이 하겠다면 우리도 해야지. 이미 선택의 여지가 없어졌다. 가주의 성격을 잘 아니까."

야콥은 투견들도 동참하기로 결정했다. 소환수들이 포기한다면 몰라도 반란을 하겠다고 결심한 이상 도리가 없었다. 어차피 휩쓸려 죽는 건 마찬가지였기 때문이다.

"젠장."

제이콥은 얼굴이 구겨졌다. 가뜩이나 싫은 소환수들 때문에 이제는 죽을 일만 남은 것이다.

"투견들을 연무실에 모아. 친위대가 눈치채지 않도록."

"알았어."

제이콥은 하는 수 없이 투견들을 불러 모으러 나갔다. 생각 같아서는 당장 샤갈 가주에게 달려가 죄다 불어버리고 싶었다.

* * *

"결정은 한 건가?"

"야콥!"

소환수들이 하나둘 마나 고리를 끊고 있을 때 야콥이 연무실로 들어왔다. 모두의 시선이 야콥에게로 쏠렸다.

"투견이 여긴 웬일이야?"

"왜? 가주에게 나불대기라도 하려고?"

소환수들은 단번에 적의를 드러냈다. 어차피 투견들은 반대한다는 게 거의 결정적이었고 이렇게 함께 대화를 나누는 것도 내키지 않은 탓이다.

"그만!"

테일러는 소환수들을 제지시켰다.

"테일러, 결정했나?"

"물론."

테일러는 망설임 없이 대답했다.

"역시 함께할 생각인가?"

야콥은 테일러의 표정을 통해 그가 어떤 결정을 내렸는지 짐작했다.

"그래야겠지. 우린 이미 뜻을 하나로 모았다. 너희는?"

"우리에게 선택의 여지가 있나? 너희가 선택했다면 어떤 결과가 나오든 우리에게도 영향이 미칠 텐데?"

테일러의 물음에 야콥은 씁쓸한 표정으로 대답했다. 소환수가 선택한 이상 투견에게는 선택의 여지가 없기 때문이다.

피식.

"거기까지 생각하다니 의외군."

테일러는 웃음이 나왔다. 야콥의 말대로 둘 중 어느 쪽도 먼저 결정하는 쪽에 다른 쪽이 따를 수밖에 없는 상황이라는 걸 아는 것이다. 테일러 역시 샤갈 가주의 성격을 야콥만큼이나 잘 알기 때문이다.

"왜? 투견들은 아무 생각 없는 것 같아?"

야콥은 자존심이 상했는지 바로 적의를 드러냈다.

"감정적인 말은 서로 자제하자. 알다시피 우리가 하나로 뭉치지 않으면 반란은 성공할 수 없으니까."

테일러와 야콥의 감정이 격해지려고 하자 카시아스가 나서며 중재했다. 이제 뜻을 하나로 모으는 시점에 감정을 상하게 해봐야 좋을 것은 없었다.

"소환수들이 함께하기로 했다면 우리도 함께한다. 가주의 성격상 너희가 성공하든 실패하든 우리까지 죽일 테니까."

야콥은 뜻을 함께하기로 했다. 하지만 그 이유는 소환수들과 다르다. 선택의 여지가 없다는 걸 분명히 했다.

"고맙다. 소환수니 투견이니 구분하지 말고 하나로 뭉쳐보자. 그럼 반드시 성공한다."

카시아스는 어떤 이유로든 동참해 주는 것에 대해 감사했다. 이제 진정한 동료가 된 것이다.

"그보다 마나 고리 문제는 어떡할 거지? 지금 마나 고리를 끊는다면 다음 시합 때 살아남기 힘들 텐데?"

야콥도 곧바로 현실적인 부분을 짚고 넘어갔다. 워리어스로 어느 정도 지냈다면 누구나 생각할 수 있는 문제였다.

"그렇지 않아도 지금 그 문제 때문에 계속 이야기 중이었다."

"결론은?"

"난 마나 고리를 끊었다. 소환수들은 오늘 일제히 마나 고리를 끊을 생각이고."

테일러가 나서며 자신의 결단을 이야기했다. 계속되는 고민을 단칼에 끊어버린 셈이다.

"모두?"

야콥은 꽤나 놀란 눈치다. 설마 소환수들이 그런 결단을 내렸을 줄은 몰랐기 때문이다. 그러고 보니 곳곳에 마나 고리를 끊는 소환수들이 눈에 띄었다.

"그래, 우리는 결단을 내렸다."

테일러도 불안했지만 기왕 내린 결정, 자신있게 말했다.

"그럼 다음 시합은?"

야콥은 지금의 결단이 과연 옳은지 걱정스러웠다. 이렇게 되면 반란을 시작하기도 전에 죽을 가능성이 높았던 것이다.

"모험을 할 수밖에. 그 대가가 자유라면 충분히 가치가 있다고 생각한다."

"으음. 다음 시합 때 살아날 가능성은 거의 없을 것이다. 그건 틀림없어."

야콥은 고개를 저었다. 이건 너무나 무모한 짓이 아닌가. 반란을 시도조차 해보지 못하고 죽는다면 무의미한 일이다.

"알고 있다."

"알면서도 마나 고리를 끊었다고?"

"다음 시합에 우리 양성소가 불참하기를 바라는 수밖에."

"그걸 말이라고 하는 건가?"

테일러의 막연한 바람은 야콥의 심기를 건드렸다. 한두 사람도 아니고 워리어스 모두의 목숨을 걸었는데 고작 생각해 낸 방법이 요행을 바라는 것이라면 이건 시작부터 잘못된 계획이 아닌가.

무엇보다 클라니우스 가문이 이번 시합에 불참할 가능성

은 거의 없었기 때문이다.

"그것밖에는 길이 없으니까."

"으음."

야콥의 입에서 신음성이 흘러나왔다. 평소 테일러의 성격상 요행을 바라는 인물이 아니라는 걸 알기 때문이다. 그런 테일러가 이렇게 말할 정도면 정말 그것밖에는 다른 방법이 없는 것이다.

과연 다음 시합 때 살아남을 수 있을지 걱정이다.

"오로도스 가문과 사이가 틀어졌으니 가능성이 없지는 않아. 지난번 일에 시장과 귀족들도 개입된 것 같으니까."

"시장까지?"

새로운 정보에 야콥은 꽤나 놀랐다. 그저 오로도스 가문과의 경쟁 때문에 벌어진 일이라고 생각했는데 뭔가 다른 이유가 개입된 것 같았다. 그렇다면 단지 두 가문만의 문제는 아니었다.

그것이 하나의 변수가 될 수도 있는 일이다.

"그래. 아마 어떤 불이익이 생길지도 모르는 상황에서 시합에 참가하지는 않을 거야. 아니, 그럴 가능성이 있다. 가주는 누구보다 그런 계산에 밝은 위인이니까."

테일러는 그동안 파악한 샤갈의 성격을 감안해 막연한 요행이 아닌 가능성이라는 걸 강조했다.

"으음. 새롭게 마나를 쌓는 데는 얼마나 걸리지?"

야콥도 테일러의 바람이 완전히 틀린 건 아니라는 생각이 들었다. 다음 시합만 어떻게 넘어간다면 충분히 승산이 보인 것이다.

"처음에는 더디다. 하지만 일단 탄력이 붙게 되면 점점 빨라지지. 하지만 친위대를 상대하려면 적어도 서너 달은 수련해야 할 거야. 물론 마나만으로는 힘들어. 우리의 검술을 믿는 것뿐."

카시아스는 다다음 시합 전까지는 모두 적정 수준으로 올라설 필요성에 대해 이야기했다. 이번 시합은 넘어가더라도 서너 달 수련한 정도로는 다른 워리어스를 상대하기는 어렵다.

하지만 친위대라면 다르다. 서너 달 쌓은 마나만으로도 친위대는 충분히 제압할 수 있다고 자신했다.

결국 앞으로 콜로세움에 서기 전에 반란에 성공해야 한다는 의미다.

"다음 시합을 불참한다고 해도 그다음 시합이 또 두 달 후니까 그전에 실행할 생각이군."

야콥도 카시아스의 생각을 바로 알아챘다.

"그래, 다다음 시합 전에 이곳을 벗어날 생각이다."

"다음 시합에 불참하게 되느냐에 달린 건가? 역시 운이군. 가능성이 없지는 않지만 그래도 운에 달려 있어."

야콥은 다음 달에 있을 시합이 마음에 걸렸다. 만일 운이 따라주지 않는다면 클라니우스 가문의 워리어스는 몰살이나 다름없었다. 시합에서 죽게 될 테고 나머지는 가주에게 죽게 될 것이다.

"그래, 다음 시합에 참가하게 되면 대부분 죽게 될 거다. 그렇다고 그때까지 마나 고리를 끊지 않으면 그다음 시합이 또 문제될 거고."

"어쩔 수 없군. 운에 걸 수밖에. 어차피 우리가 하지 않아도 너희는 할 테니까."

야콥은 사실 내키지 않았지만 달리 선택할 여지조차 없었다. 소환수들이 일을 벌이면 투견들은 그야말로 가만히 있다가 고스란히 그 책임을 져야 하는 것이다.

"그래, 우리는 마음을 정했다."

"투견들은 어떡할 거냐?"

카시아스와 소환수들의 결정은 확고했다. 이미 반수 이상이 마나 고리를 끊었고 지금도 끊고 있다. 오늘 안에 소환수 모두 마나 고리를 끊게 될 것이다.

이제는 물릴 수도 없게 되어버렸다. 오직 피나는 수련으로 잃은 마나를 조금이라도 되찾는 게 유일한 살길이 되었다.

뜻은 하나로 모인다

"샤막과 로베르토는?"

야콥은 주변을 두리번거렸다. 카시아스와는 가장 가까운 두 명이 보이지 않았기 때문이다.

"친위대를 살피고 있다. 그들이 무슨 낌새를 차리면 바로 알려줄 거야."

카시아스는 야콥을 안심시켰다. 샤막과 로베르토는 이미 마나 고리를 끊었기에 굳이 여기 있을 이유가 없었다. 혹시 모를 위험에 대비시킨 것이다.

"보아하니 대부분 마나 고리를 끊은 모양인데, 우리도 할 수밖에 없잖아? 좋다. 오늘 중으로 마나 고리를 끊겠다. 새로운 마나 수련법을 부탁하지."

야콥도 결국은 투견들과 동참하기로 결정했다.

"결정해 줘서 고맙다. 오늘 중으로 수련법을 가르쳐 줄 생각이야. 샤막과 로베르토는 이미 수련 중이니까 도움이 될 거다."

야콥의 결정에 카시아스는 힘껏 고개를 끄덕였다. 드디어 워리어스의 뜻이 하나로 모이게 된 것이다.

"이 지긋지긋한 곳에서 벗어나기를 바란다!"

"우리가 한마음이라면 반드시 성공한다!"

"우리는 노예가 아니라는 걸 보여주자!"

척, 처처척.

카시아스가 손을 내밀자 야콥이 그 위에 손을 얹었다. 그 위에 테일러의 손이 얹히고, 워리어스들은 하나둘 손을 모았다.

 그저 시민들을 흥분시키기 위해 서로 간의 목숨을 빼앗도록 만든 이들에게 똑똑히 알릴 것이다. 워리어스는 노예가 아니라는 것을. 최강이라는 자부심을 가진 전사라는 것을.

WARRIORS

오로도스 가문.
"가주님, 클라니우스 가문에서 선수를 쳤습니다."
맥커리 총관이 허겁지겁 들어왔다.
"무슨 말인가? 선수라니?"
막시무스는 절로 얼굴이 찌푸려졌다.
"지금 샤갈 가주와 워리어스들이 갈라파고스 가문의 초대를 받고 갔습니다."
"뭐, 뭐라? 분명 나와 함께 만나기로 하지 않았나?"
맥커리 총관의 보고에 막시무스는 황당한 표정으로 되물

었다. 공동의 적에 대응하기 위해 샤갈 가주와 손을 잡기로 한 게 불과 며칠 전이 아닌가.

단 며칠 만에 샤갈 가주에게 뒤통수를 맞은 것이다.

"아무래도 딴생각을 하고 있는 것 같습니다."

"딴생각이라니?"

"갈라파고스 가문에 기대려는 게 아니겠습니까?"

맥커리는 샤갈 가주가 오로도스 가문을 배제한 채 갈라파고스 가문을 방문한 저의에 대해서 나름대로 추측했다. 오로도스 가문에서는 갈라파고스 가문을 위협적인 존재로 파악했지만 샤갈 가주는 배경으로 판단한 셈이다.

"뭐라? 샤갈 그놈이 영악한 건 알았지만 이렇게 뒤통수를 치다니. 어이가 없군."

막시무스의 얼굴이 사납게 변했다. 서로 충돌도 많이 했지만 전대로부터 지금까지 경쟁을 통해 나름대로 깊은 유대관계를 맺어오지 않았는가.

그런데 하루아침에 태도를 바꾼 것이다.

"이렇게 되면 갈라파고스 가문을 견제하려던 계획은 수포로 돌아갑니다. 클라니우스 가문에서 협조하지 않는 이상 힘듭니다."

"지금 갈라파고스 가문을 견제하는 게 문제가 아니야."

막시무스의 얼굴 표정은 무척 어두웠다. 맥커리 총관의 걱정은 일도 아니었다. 두 가문의 만남이 가져올 파급효과는 더 큰 것이다.

"무슨 말씀이신지……."

맥커리는 걱정스레 물었다.

"우리 가문이 끝장나게 생겼는데 모르겠나?"

막시무스는 답답한 듯 말했다.

"설마 두 가문이 우리를……."

"세르게이를 잃은 지금 클라니우스 가문에 대항할 워리어스가 없지 않나? 거기에 갈라파고스 가문의 워리어스들까지 합세한다면 우리가 설 자리가 없게 된단 말이네."

막시무스는 오로도스 가문이 생긴 이래 가장 큰 위기의식을 느꼈다. 가문의 존립까지도 걸려 있을 만큼 위태롭게 된 것이다. 오로도스 가문의 힘만으로는 대처할 수단이 막막한 상태다.

"어찌하면 되겠습니까?"

"갈라파고스 가문을 직접 견제하는 건 무리네. 시장님과 귀족원장님도 눈치를 보는 상황이니까. 유일한 방법은 콜로세움이었는데 샤갈 그놈이 뒤통수를 치는 바람에 불가능하게 되어버렸지."

막시무스는 머리를 감싸 쥐었다. 샤갈 가주만 배신하지 않았다면 충분히 갈라파고스 가문에 대응할 계책이 있었지만 이제는 물거품이 된 것이다.

샤갈 가주의 도움 없이 콜로세움에서 갈라파고스 가문을 격파하는 건 불가능한 일이다.

"그럼 이대로 당해야 한단 말입니까?"

맥커리는 가슴이 답답해졌다. 세르게이만 잃지 않았어도 이런 상황까지는 몰리지 않았을 것이다.

"그럴 수야 있나? 우리도 할 수 있는 건 다 해봐야지."

막시무스는 나름대로의 타개책을 생각해 냈다.

"갈라파고스 가문에 전갈은 보냈겠지?"

"예. 아직 답은 없습니다."

"내가 직접 찾아가야겠군."

막시무스의 입꼬리가 살짝 올라가야겠다. 위태로운 상황에서도 웃음 짓는 건 그만한 이유가 있어서다.

"오늘 말입니까?"

맥커리는 고개를 갸웃했다. 뻔히 샤갈 가주가 선수를 친 마당에 뒷북을 치는 건 별 의미가 없기 때문이다.

"왜? 안 될 것 있나?"

"지금은 샤갈 가주와 함께 있지 않습니까?"

"잘되지 않았나? 이참에 세르게이를 잃은 빚도 갚아야지."

막시무스는 뭔가 샤갈에게 되갚아줄 만한 방법을 찾은 듯했다. 하지만 맥커리는 막시무스가 무슨 생각을 하는지 알 수 없었다.

"시장님은 지금 어디에 있지?"

"시민회관에 계시지 않겠습니까?"

"일단 거기부터 들러야겠군."

막시무스는 오늘 하루가 무척 바쁠 것 같았다.

"워리어스들도 준비합니까?"

"그럴 필요 없네. 우리는 구경만 할 테니까. 샤갈 그놈 얼굴이 볼 만하겠군. 후후."

막시무스는 생각만 해도 기분이 좋은지 웃음이 나왔다. 조금 전까지만 해도 막막했는데 이제는 제법 여유가 보였다.

*   *   *

갈라파고스 가문.

"후작 각하를 뵙습니다. 초대해 주셔서 감사드립니다."

샤갈은 무척 정중하게 예를 올렸다. 후작의 위치는 비잔티움 시에서 가장 높은 작위였고, 과거의 영향력까지 생각한다면 그야말로 감히 얼굴도 마주 보지 못할 위치가 아닌가.

"후작은 무슨, 그냥 편하게 부르시오. 오늘은 같은 입장이 아니오? 난 그저 대를 이어 워리어스를 양성해 온 클라니우스 가문에 한 수 배워볼까 하니 말이오."

테세우스는 높은 신분과는 어울리지 않게 무척 소탈하게 대해주었다. 샤갈 가주의 지나친 예의도 불편한 모양이다. 과연 괴짜로 소문이 날 만도 했다.

"어찌 제가 감히……."

샤갈은 정색을 하며 머리를 조아렸다.

"괜찮으니 편하게 부르시오."

"그럼 분부대로 하겠습니다, 테세우스님."

테세우스의 거듭되는 요구로 샤갈은 하는 수 없이 원하는 대로 따랐다. 처음 걱정했던 것과는 달리 테세우스가 상당히 개방적이고 붙임성이 있는 인물이자 내심 안도했다.

"클라니우스 가문의 워리어스들은 다시 봐도 든든하구려."

테세우스는 뒤에 서 있는 클라니우스 가문의 워리어스들을 둘러보고는 무척 흡족해했다.

"과찬이십니다. 갈라파고스 가문의 워리어스들이야말로 모두를 놀라게 하지 않았습니까?"

"하하하, 들어갑시다."

둘은 서로의 워리어스를 치켜세우며 좋은 분위기를 만들었다. 갈라파고스 가문을 적이 아닌 동아줄로 판단한 것이 현명했다는 걸 샤갈 가주는 속으로 확신했다.

"예. 벨포스, 워리어스들은 훈련장에 데려다 놓게."

"예, 가주님."

"아아, 그럴 필요 없소. 여기서는 자유롭게 있어도 될 것이오. 쇠고랑도 모두 풀어주시오."

테세우스는 벨포스를 제지하며 황당한 지시를 내렸다. 그건 샤갈의 입장에서는 생각지도 못한 내용이다. 지금껏 워리어스를 자유롭게 풀어준 전례가 없기 때문이다.

가문 내에서조차도 훈련소 외에는 출입이 금지되어 있고, 훈련장 주변에는 친위대가 철통같은 경비를 서고 있지 않은가.

"여기서 말입니까? 그러다……."

샤갈은 곤혹스러운 표정으로 어찌할 바를 몰랐다. 아무리 괴짜라고 해도 설마 이런 지시를 내릴 줄은 몰랐던 것이다. 만일 여기서 워리어스들이 난동이라도 부린다면 어찌 되겠는가.

후작 가문의 위세를 생각하면 샤갈은 죽은 목숨이나 다름없었기 때문이다.

"클라니우스 가문의 워리어스들은 훈련이 무척 잘되어 있다고 들었소. 특히 샤갈 가주의 명이라면 무엇이든 따른다지요? 그런데 뭐가 걱정이오?"

테세우스는 알고 그러는지 모르는 것인지 황당한 소리만 해댔다. 샤갈의 입장에서는 죽을 맛이었다.

"그렇지만 행여 불상사라도……."

샤갈은 이러지도 저러지도 못한 채 끙끙 앓았다. 워리어스들이 난동을 피울 리는 없다고 믿으면서도 사람의 마음을 어찌 알겠는가. 샤갈은 위험한 요소는 미연에 방지하는 주의다. 스스로 위험한 일을 자초할 필요는 없는 것이다.

"난 괜찮으니 풀어주시오. 들어오면 알겠지만 우리 워리어스들도 모두 자유롭게 있도록 해두었으니까."

테세우스는 한술 더 떴다. 이쯤 되면 샤갈도 계속해서 거절할 수는 없었다.

"테세우스님께서 그리 말씀하신다면 따르겠습니다. 벨포스, 모두 풀어주게."

"예, 가주님."

철컹철컹.

샤갈은 하는 수 없이 워리어스들의 쇠고랑을 풀어주도록 했다. 워리어스들도 이런 경우는 처음이었기에 꽤나 당황했다.

"자, 들어갑시다. 워리어스들도 함께 들어가지."

"뭣들 하느냐, 감사드리지 않고!"

"감사합니다."

"감사합니다."

워리어스들은 자유로운 상태에서 갈라파고스 가문 안으로

들어섰다. 쇠고랑이 풀려서인지 갈라파고스 가문의 분위기는 왠지 다르게 느껴졌다.

꼬집어 설명할 수는 없지만 클라니우스 가문과는 뭔가 다른 미묘한 차이점이 있었던 것이다.

"자, 다들 앉지. 워리어스들은 그쪽에 앉으면 될 것이야."

"예. 소란 피우지 말고 마련된 자리에 앉거라."

테세우스는 샤갈뿐만 아니라 워리어스들에게도 자리를 내어주었다. 샤갈은 그야말로 바늘방석이었다. 신경은 온통 워리어스에게로 쏠려 있었다.

그저 사고 치지 않고 조용히 넘어가기만을 바랄 뿐이다.

"역시 클라니우스 가문의 워리어스들은 절도가 있구려. 내 숱한 가문의 워리어스들을 초대해 봤지만 역시 클라니우스 가문이 이름값을 하는구려."

"좋게 봐주시니 감사할 따름입니다."

테세우스는 클라니우스 가문의 워리어스들이 무척 마음에 든 것 같았다. 그도 그럴 것이, 이번 첫 출전의 상대가 클라니우스 가문의 워리어스였기 때문이다.

테세우스에게는 인상적일 수밖에 없었다.

"저녁까지는 한잔하면서 이야기나 나누고 싶은데, 어떻소? 내가 초대한 손님들이 오면 그때 시합을 했으면 하는데."

"저는 괜찮습니다. 편하신 대로 하지요."

샤갈은 테세우스가 무슨 말을 하든 그저 받들 뿐이다. 오늘은 테세우스에게 확실히 눈도장을 찍는 게 목표인 것이다.

"그럼 다들 한잔씩 합시다. 자, 잔을 들고. 갈라파고스 가문과 클라니우스 가문의 우정을 위하여!"

"위하여!"

테세우스는 모두에게 와인 한 잔씩을 주고는 힘껏 건배를 외쳤다. 워리어스들도 덩달아 건배를 하며 와인을 마셨다. 샤갈만큼이나 워리어스들도 당황하는 기색이 역력했다.

그에 반해 갈라파고스 가문의 워리어스들은 무척 자연스럽게 행동했다. 이런 자유스러운 분위기가 평소에도 유지되는 것 같았다. 호위대장과 호위대가 곳곳에 경비를 서기는 했지만 워리어스들을 유심히 살피는 것 같지도 않았다.

"하하하! 와인 맛이 어떻소?"

"제가 먹어본 것 중 최고입니다."

"그렇소? 하하하! 입에 맞는다니 다행이구려."

테세우스는 마냥 신이 난 듯했다. 이렇게 비잔티움 시에서 가장 유명한 워리어스 양성 가문을 초대했으니 즐거울 법도 했다. 워낙 어려서부터 워리어스들에게 관심이 많았기 때문이다.

"초대해 주신 것도 감사한데 귀한 와인까지 대접해 주시니 몸 둘 바를 모르겠습니다."

"와인 가지고 뭘 그러시오. 그보다 내가 워리어스에 대해서 꽤나 관심이 많다오."

"그 이야기는 들었습니다. 필요한 게 있다면 언제든 말씀해 주십시오. 최선을 다해 도와드리겠습니다."

분위기는 샤갈이 원하는 대로 흘러갔다. 테세우스는 제법 호탕하고 밝았다. 고위귀족이랍시고 거드름을 피우지도 않았고 무리한 요구를 하지도 않았다.

샤갈은 자신의 선택에 대해서 거듭 다행이라 생각했다. 이렇게 좋은 관계를 유지할 수 있는데 굳이 적이 될 필요는 없는 것이다.

"우선 지난번 콜로세움에서 우리 가문을 상대한 워리어스들이 인상에 남는구려."

테세우스는 첫 상대인 카시아스 일행을 지목했다. 첫 출전인 만큼 그들에 대한 인상이 꽤나 강렬했던 것이다.

"그들은 신참들입니다. 콜로세움에 처음 선 자들이지요. 저기 있는 자들입니다. 어서 일어나서 인사드리거라."

"카시아스입니다."

"샤막입니다."

"로베르토구만요."

샤갈의 지시에 카시아스 일행이 일어나 정중하게 소개를 했다. 카시아스는 물론 샤막과 로베르토도 지금의 분위기에 적응하기 위해 나름대로 애를 쓰는 중이었다.

이러다 무슨 꼬투리를 잡힐지 몰라 마음속으로는 꽤나 두근거리고 있었다.

"오, 맞아. 바로 저들이군. 내가 아끼는 워리어스들이 보기 좋게 당해 버렸지."

"송구합니다."

"아, 아니네. 승부에서는 당연한 일. 탓하려던 게 아니야. 그들의 진영이 꽤나 단단했는데 저들이 그걸 깨뜨리더군. 그것도 아주 인상적인 방법으로. 하하하!"

테세우스는 자신의 워리어스들이 당한 것에도 별로 개의치 않는 것 같았다. 오히려 호탕하게 웃음을 터뜨리는 것이 꽤나 대범해 보였다. 이런 모습들이 전혀 가식으로 느껴지지 않을 만큼 그의 말이나 행동은 꾸밈이 없어 보였다.

"개미굴에서 같이 와서인지 저 셋은 꽤나 팀워크가 훌륭합니다. 훈련할 때도 거의 함께하더군요."

"오, 그렇군. 역시 팀워크가 문제였어."

테세우스는 대단한 것이라도 알게 된 양 과하게 반응했다. 샤갈 가주의 설명이 무척 마음에 든 모양이다.

"그래, 로베르트라고 했나? 자넨 비검이 특기라지?"

"그렇구만요."

"자네의 비검이 틈을 만들었지. 훌륭했네. 저녁에도 멋진 시합을 기대하지."

"감사하구만요."

테세우스는 로베르토의 비검에 대해서 칭찬을 아끼지 않았다. 로베르토의 비검이 없었다면 진영은 깨지지 않았을 테고 지금 여기 서지 못했을 것이다.

처음 빈틈을 만들어준 로베르토의 비검은 충분히 칭찬받을 만했다. 로베르토도 칭찬을 받자 왠지 어깨에 힘이 들어갔다. 평소라면 별로 기분이 좋지 않았겠지만 이상하게 테세우스에게서는 그런 마음이 들지 않았다.

"그리고 샤막이라고 했던가?"

"예."

"자넨 기사 출신이라고?"

"그렇습니다."

"로비우스의 팔을 잘랐다는 이야기는 들었네. 덕분에 여러 사람 속이 시원했을 거야."

"그게……"

테세우스는 너무나 자연스럽게 말했지만 샤막의 입장에서는 편히 받아들이기 힘든 내용이었다.

테세우스가 어떤 의도로 하는 말인지 진의를 제대로 알기 어려웠다. 지금이라도 그 일을 빌미로 샤막에게 처벌을 가한다면 당할 수밖에 없기 때문이다.

"아아, 괜찮네. 내 속도 시원했으니까. 하하하! 기사라면 모름지기 그 정도의 대담함은 있어야지. 저녁 시합을 기대하지."

"감사합니다."

샤막의 걱정과 달리 테세우스는 그의 마음까지도 헤아리고는 걱정을 덜어주었다. 테세우스도 로비우스에 대해서는 그리 좋은 감정은 아닌 듯했다.

샤막은 가슴을 쓸어내리며 안도했다. 샤갈조차 쩔쩔매는 자에게 밉보였다면 그야말로 파리 목숨이 아닌가.

"자넨 카시아스라고 했던가? 도법이 상당하더군."

"감사합니다."

테세우스는 카시아스에 대해서는 짤막하게 평했다. 다른 둘에 비해서는 그다지 강한 인상을 받지는 않은 듯했다.

"저기 둘이 클라니우스 가문 최강의 워리어스인가?"

"그렇습니다. 어서 인사드리거라."

"테일러입니다."

"야콥입니다."

테세우스는 모든 워리어스를 하나하나 지목하다가 결국에는 테일러와 야콥의 차례까지 왔다.

"풍기는 기세부터가 다르군. 과연 대단해."

테일러와 야콥을 찬찬히 살펴보던 테세우스는 고개를 끄

덕이며 꽤나 흡족해했다.

"멋진 시합을 보여 드리겠습니다."

"그래, 기대하지. 리딕!"

"예, 가주님."

"워리어스들을 쉼터로 안내해 주게. 시합 전까지 푹 쉴 수 있도록. 필요한 사항들도 말해주고."

"알겠습니다."

워리어스들에 대해서 다 파악했는지 테세우스는 그들을 다른 곳으로 안내하도록 지시했다. 그곳은 워리어스들을 위한 특별한 장소로 말 그대로 쉬는 곳이다.

"자, 다들 나를 따라오도록."

호위대장 리딕은 워리어스들을 이끌고 쉼터로 향했다. 그곳은 방이 일렬로 늘어서 있었다.

"모두 주목한다."

리딕은 워리어스들을 향해 해야 할 일들을 이야기했다.

"여기서부터 지금 서 있는 차례대로 각 방에 들어간다. 한 명씩 들어가도록."

리딕은 모든 방에 한 사람씩 들어가도록 지시했다.

"한 명씩 말입니까?"

모두는 리딕의 지시에 두리번거렸다. 함께 대기실 같은 곳에서 쉬는 것도 아니고 한 사람씩 어딘가로 보낸다는 게 왠지 마음에 걸린 것이다.

"그렇다. 지금은 궁금하겠지만 들어가 보면 알 것이다. 거기서 푹 쉰 후에 볼일이 끝나면 계속 있든 나오든 알아서 하면 된다. 단 위층으로는 올라가지 말도록. 이곳과 저 앞에 훈련장, 그리고 저쪽의 휴게실은 마음대로 다녀도 괜찮다. 그 이외의 장소로 한 발이라도 나간다면 즉결 처형될 것이다. 명심하도록."

리딕은 주의 사항에 대해서도 일러주었다. 이동할 수 있는 공간은 꽤나 넓었다. 일 층의 거의 전체를 자유롭게 드나들 수 있었다.

"뭐하나, 들어가지 않고?"

리딕은 머뭇거리는 워리어스들을 하나하나 방에 밀어 넣었다. 워리어스들은 무슨 의도인지 몰라 두려운 마음이 들었지만 거절할 수는 없었다.

가장 먼저 들어간 사람은 로베르토였다.

로베르토는 잔뜩 긴장한 채 방 안으로 들어섰는데 기다리고 있는 건 전혀 예상하지 못한 것이다. 바로 어여쁜 여인이 아닌가.

"호호호! 어서 오세요."

여인은 애교 넘치는 목소리로 로베르토를 반겼다.

"뭐, 뭐여?"

로베르토는 생각지도 못한 상황에 당황했다. 과연 무슨 일을 당하게 될까 걱정했는데 이건 말 그대로 쉼터가 아닌가.

"워리어스님들의 피로를 풀어드리라는 명을 받았답니다. 자, 여기 편히 누우세요."

여인은 널찍한 침대로 로베르토를 안내했다. 로베르토는 못 이기는 척 따라갔다.

"이, 이런 거여? 괜히 쫄아부렀구만."

여인이 옷을 하나씩 벗기며 교태를 부리자 로베르토의 입가에도 어느새 웃음이 걸렸다. 이럴 줄 알았으면 괜히 망설이지 않는가. 애나에게는 미안했지만 지금은 그저 참았던 욕구를 푸는 것 외에는 아무것도 신경 쓰고 싶지 않았다.

앞으로 애나를 만나려면 몇 달이 지나야 하지 않는가.

모두는 로베르토와 같은 상황을 맞이했다. 그들은 두려웠던 마음을 버리고는 본능에 충실했다.

"어서 오세요."
"여, 여긴……."

카시아스는 여인이 반기자 멈칫했다. 쉼터가 어떤 곳인지 비로소 알아챈 것이다.

"겁먹었군요? 걱정 말아요. 안 잡아먹으니까."

여인은 살살 녹는 미소로 카시아스의 마음을 흔들었다.

"그게 아니라… 크흠, 사실 왜 혼자 들어가라고 했는지 궁금했는데 이해가 가는구려."

카시아스는 멋쩍었다. 잔뜩 경계하고 있던 게 부끄러울 정도다.

"이름이 어떻게 되시나요?"

"카시아스! 그쪽은 어떻게 되시오?"

"저는… 일리나예요. 이리 와서 편히 누우세요."

서로 소개를 한 후 일리나는 널찍한 침대로 카시아스를 안내하려고 했다. 하지만 카시아스는 거절했다.

"볼일이 끝나면 나가도 된다고 들었는데 아무래도 나가봐야겠소. 그럼."

카시아스는 차마 일리나와 함께할 수 없었는지 정중하게 사양하고는 돌아서려 했다.

"잠시만요."

이때 일리나가 다급하게 불렀다.

"왜 그러시오?"

"원하지 않으세요?"

일리나는 돌아서는 카시아스를 이해할 수 없었다. 그동안 여자 구경도 제대로 못해본 워리어스들이 아닌가. 그런데 이렇게 차려놓은 상도 거절한다는 건 말이 안 되었다.

"뭘 말이오?"

일리나의 물음에 카시아스는 정말 모르겠다는 표정을 지었다.

"항상 훈련소에만 있는 게 아니었나요? 외로우실 텐데요?"

일리나는 카시아스에게 문제가 있지 않는 이상 절대로 자신을 거절하지 못할 것이라 믿었다. 아니, 이제는 믿고 싶었다. 살짝 자존심이 상한 것이다.

"충분히 견딜 수 있소. 그리고 정해준 짝이 있어서 그리 외로운 건 아니오."

카시아스는 일리나의 생각과는 달리 전혀 흔들리지 않았다.

"매일 만날 수는 없잖아요? 얼마나 자주 만나죠?"

"콜로세움에서 돌아오는 날이니까 보통 두 달이나 넉 달에 한 번씩이오. 그렇게 알고 있소."

"견딜 수 있나요?"

일리나는 카시아스의 여자와의 관계에 대해서 꼬치꼬치 캐묻기 시작했다. 여기서 거절당하면 여자로서의 매력에 심각한 위기감이 들지도 모르는 일이다.

"난 짐승이 아니오."

카시아스는 불쾌한 기분을 숨기지 않았다. 노예로 사는 것도 화가 나는데 짐승 취급까지 받는다는 건 유쾌한 일이 아니다. 더욱이 여자에 환장한 짐승 취급이라면 더더욱 그랬다.

"미안해요. 그런 뜻으로 한 말은 아닌데."

일리나는 카시아스가 정색을 하자 얼른 사과했다.

"그럼 나가보겠소."

"잠시만요. 잠깐 이야기를 나눌 수는 없을까요?"

카시아스가 나가려고 하자 일리나는 다시금 간절하게 부탁했다. 어떤 이유인지는 몰라도 꽤나 절박해 보였다.

"나와 말이오? 아는 사이도 아닌데 무슨 할 말이 있겠소?"

"묻고 싶은 게 있어요. 부탁이에요."

"알겠소. 그럼 이야기만 나눕시다."

"고마워요."

카시아스도 더는 거절하지 않았다. 단지 이야기만 나누는 것이라면 굳이 거절할 이유는 없었기 때문이다. 무엇보다 티아라에게도 떳떳할 수 있었다.

"하고 싶은 말이 무엇이오?"

카시아스는 왜 처음 보는 여인이 자신과 이렇게까지 이야기를 나누고 싶어하는지 그 이유가 궁금했다. 어쩌면 자신이 모르는 어떤 사연이 있는지도 몰랐다.

"내가 하고 싶은 말은… 이거예요."

쉬이이이잇!

순간 일리나의 품에서 단검이 뻗어 나왔다. 카시아스는 얼른 몸을 틀었다.

"무슨 짓이오?"

"이야기는 나중에 하지!"

쉬이이이잇!

다시금 일리나의 단검이 가슴을 향했다. 카시아스는 재빨리 한 발 앞으로 나아갔다. 보통이라면 뒤로 물러나는 게 일반적이겠지만 카시아스는 역으로 움직였다.

"헛!"

생각지도 못한 움직임에 일리나는 당황했다. 얼른 단검을 회수하며 오히려 뒤로 물러났.

"뭐지? 나를 죽이려는 생각은 없나 본데?"

카시아스는 자신이 다치지 않게 하려고 물러난 일리나의 행동에 의아했다. 갑자기 공격할 때는 언제고 이제는 다치지 않게 하려고 노력하는 게 모순이 아닌가.

"말했잖아. 죽일 생각은 없다고."

일리나는 뾰로통해서는 쏘아붙였다.

"그럼 왜 공격하는 거지?"

카시아스는 일리나의 의도가 더욱 궁금해졌다. 이 세상에 와서 엮인 사람은 개미굴의 노인과 샤막, 그리고 로베르토가 전부다. 그 외에는 따로 엮인 사람이 없는데 왜 이런 상황이 된 것인지 도무지 이해할 수가 없었던 것이다.

"당신이 허튼짓을 하지 못하도록."

"허튼짓?"

"여기서 도망가 버리면 곤란하거든."

일리나는 아무렇지 않게 한 말이지만 카시아스에게는 더 이해할 수 없는 것이었다.

"으음. 그러니까 내가 여기서 나가지 못하도록 제압할 생각이었다는 말인가?"

"빨리 알아듣는데?"

"내게 원한이 있을 리는 없고, 누군가 시켰나? 아니, 이곳에서 누구에게 원한을 산 일도 없는데 이상하군."

카시아스는 곰곰이 생각해 봤지만 이런 일을 시킬 만한 사람이 떠오르지 않았다.

"생각하지 마! 그래 봐야 골치만 아플걸?"

일리나는 다소 장난스러운 표정으로 말했다.

"정말 내가 못 나가게 막는 것 외에는 다른 목적이 없는 건가?"

"물론. 그저 몇 가지 묻고 싶은 게 있을 뿐이야."

일리나의 솔직한 대답에 카시아스는 다시 고민해 봤지만 역시나 답은 나오지 않았다.

"그럼 칼을 거두지? 단지 이야기라면 나도 거절할 생각은 없으니까."

카시아스는 아무리 생각해도 떠오르는 게 없자 일리나의

말에 따르기로 했다. 차라리 일리나의 입을 통해 듣는 게 더 빠르다고 생각한 것이다.

"협조하겠다는 거야?"

"손해 볼 건 없잖아?"

"후움. 좋아. 하지만 약속은 지켜야 할 거야. 만일 이곳에서 도망치게 된다면… 죽여야 하거든."

일리나는 카시아스가 협조하기로 하자 단검을 집어넣고는 털썩 주저앉았다. 그러면서도 경고는 잊지 않았다. 예쁘장한 외모와는 달리 꽤나 왈가닥인 모양이다.

"훗. 과연 죽일 수 있을까? 나 혼자도 못 당할 것 같은데? 그리고 나가게 되면 동료들이 있다는 걸 알 텐데?"

일리나의 협박에 카시아스는 피식 웃었다. 잠깐 싸워보니 일리나도 꽤 강하긴 했지만 자신의 상대는 아니었기 때문이다. 더욱이 이곳에는 클라니우스 가문의 최강의 워리어스 둘이 다 와 있지 않은가.

일리나가 당해낼 상대가 아니다.

"그럼 동료들도 죽일 수밖에."

일리나는 너무도 당연하다는 듯 말했다.

"그게 가능할까? 설령 네 동료가 밖에 있다고 해도 우리가 죽으면 클라니우스 가문이 가만히 있을 것 같나?"

카시아스는 일리나의 협박을 대수롭지 않게 생각했다. 제

아무리 동료를 데려왔다고 해도 워리어스들을 제압하는 건 불가능했다. 설령 모두 죽인다고 해도 절대로 뒷감당을 할 수는 없다.

자신의 워리어스가 개죽음을 당했는데 보고만 있을 샤갈이 아니기 때문이다.

"샤갈 그자는 가만히 있을 거야. 왜냐면 샤갈 그자도 죽게 될 테니까. 즉, 오늘 온 인간들은 다 죽는다는 말이지."

일리나는 한술 더 떴다. 허풍이라면 밑도 끝도 없었고 사실이라면 그야말로 엄청난 배경이 있음에 틀림없었다. 카시아스는 일리나가 거짓말을 한다는 생각은 들지 않았다.

왠지 여기서 그냥 나가면 일리나의 말대로 될 것 같은 느낌을 받은 것이다.

"정체가… 뭐지?"

카시아스는 과연 이런 엄청난 협박을 자연스레 하는 일리나가 누구인지 궁금해졌다.

"그건 알 필요 없어. 당신은 내 말에 대답하기만 하면 되니까. 이해했지?"

"일단은."

일리나는 자신에 대한 이야기는 하지 않은 채 카시아스에게 필요한 것만을 요구했다. 카시아스는 일단 일리나의 요구를 들어주기로 했다. 과연 무엇이 궁금한지는 몰라도 차라리 말해주고 이 불편한 상황에서 벗어나고 싶었다.

"그럼 묻지. 당신은 왜 마나 속박에서 자유로울 수 있는 거지? 그 이유가 뭐야?"

"무슨… 말이지?"

일리나는 단도직입적으로 물었다. 일리나의 물음에 카시아스는 가슴이 철렁 내려앉았다.

일리나가 묻는 건 카시아스와 샤막, 그리고 로베르토만 알고 있는 비밀이 아닌가.

이게 알려지면 무언가를 해보기도 전에 죽은 목숨이 된다. 카시아스에게는 가장 중요한 비밀을 처음 본 일리나가 알고 있는 것이다. 카시아스는 가슴이 세차게 두근거렸다.

"시치미 떼지 마! 난 봤어. 피의 제전 때 모두가 마나 속박에 걸려 움직이지 못할 때 당신은 자유롭게 움직였다는 걸."

일리나는 카시아스가 잡아떼려 하자 선수를 쳤다. 카시아스가 절대로 발뺌하지 못하도록. 여인의 정체는 바로 레지스탕스의 첩보대 소속 일리나 중위였다.

"그곳에… 있었나?"

카시아스는 무척 놀란 표정으로 물었다. 샤막을 구하기 위해 다급하게 행동하기는 했지만 혹시라도 누가 눈치챌까 다시금 마나 속박을 받은 척했기 때문이다.

"아주 자세히 봤지."

일리나는 카시아스를 정면으로 응시했다. 마치 모든 걸 다 알고 있다고 말하는 듯했다. 카시아스는 어떻게 이 상황을 넘겨야 할지 머릿속이 복잡해졌다.

이대로 비밀이 드러난다면 그야말로 탈출 계획은 수포로 돌아가게 된다. 그렇다고 일리나의 입을 막을 수도 없다. 일리나의 입을 막아봐야 또 누가 알고 있는지도 모르기 때문이다.

"설마… 레지스탕스?"

한참을 고민하던 카시아스의 머릿속을 스치는 게 있었다. 콜로세움에서 봤다면 시민이거나 레지스탕스뿐이다. 카시아스는 혹시나 하는 마음에 물었다.

"후움. 미안하지만 살려주려고 했는데… 죽어줘야겠는걸? 감정은 없어. 하지만 정체를 안 이상 어쩔 수 없잖아?"

항상 여유롭던 일리나의 표정이 움찔했다. 정곡을 찔린 모양이다.

"정말 레지스탕스라는 거야?"

카시아스도 일리나만큼이나 놀랐다. 혹시나 하고 물어본 건데 제대로 걸린 셈이다. 레지스탕스와 접촉하기를 원했던 카시아스에게는 천운이 따른 것이나 다름없었다.

"죽기 전에 말해줘, 마나 속박에서 자유로울 수 있는 비밀을."

일리나는 품속의 단검을 다시금 꺼내 들었다. 레지스탕스라는 사실을 알아챈 이상 카시아스를 살려둘 수는 없기 때문이다.

WARRI⊕RS

 분위기는 화기애애했다. 테세우스는 꽤나 호남형이었고 성격도 소탈해 보였다. 샤갈은 테세우스의 기분을 맞추며 시종 좋은 분위기를 만들어갔다.
 "테세우스님의 식견에 놀랄 따름입니다. 대를 이어 워리어스를 양성해 온 저보다 그들에 대해 더 많이 아시다니요."
 샤갈은 테세우스의 가장 큰 관심사인 워리어스 양성에 대해서 최대한 띄워주며 흥을 돋웠다. 사실 테세우스에게 상당히 놀란 부분도 많았다.
 그저 아무것도 모르는 귀족이 워리어스들을 곁에 두며 만족하는 것이라고 생각했는데 막상 이런저런 이야기를 나눠보니 전문적인 양성 가문에서만 공유하는 여러 가지 비밀에 대해서도 훤히 알고 있었기 때문이다.

테세우스는 귀족이 아니라고 해도 워리어스 양성 가문을 이끄는 데 부족함이 없었다. 샤갈도 그런 테세우스가 흥미로울 수밖에 없었다.

"하하하, 과찬이네. 아무렴 자네보다 아는 게 더 있겠나?"

테세우스는 손을 내저으며 웃었다. 칭찬은 고래도 춤추게 만들지 않는가.

"너무나 겸손하십니다. 워리어스들에 대해 모르신다면 이렇게 훌륭한 워리어스들을 키워낼 수는 없지요. 대단하십니다. 솔직히 오늘 많이 놀랐습니다."

샤갈은 테세우스의 기분을 돋움과 동시에 솔직하게 말했다. 막시무스의 말과는 너무도 다른 양상이다. 테세우스 같은 인물은 시장이나 귀족원장을 상대하는 것보다 훨씬 쉬웠다.

관심사도 같은 데다가 으스대는 것도 없으니 가까이하기에는 꽤나 편한 인물이다.

"자네가 그렇게 말하니 무안하군. 뭐, 좋은 뜻으로 받아들이겠네. 앞으로 많이 물어볼 테니 잘 가르쳐 주게."

"제가 가르쳐 드릴 게 있겠습니까? 하지만 도움이 필요하시다면 성심껏 도와드리겠습니다."

"하하하, 고맙네."

둘의 대화는 주로 워리어스를 양성하는 비결에 대한 것이었지만 둘 사이는 마치 오래전 만난 것처럼 가까워졌다.

"가주님, 손님이 오셨습니다."

"왔나 보군. 어서 안내하게."

"예."

이때 테세우스가 초대한 또 다른 손님들이 도착했다. 그들은 테세우스와는 꽤나 오랜 인연이 있는 인물들이다.

"가끔 워리어스들의 시합을 즐기던 친구들이네. 아버님 때부터 연이 있지. 자네도 알아두면 좋을 것이네."

"예, 감사드립니다."

샤갈은 속으로 쾌재를 불렀다. 갈라파고스 가문과 연을 맺게 된 것도 횡재인데 그와 연이 있는 자들이라면 최소한 그에 걸맞은 위치에 있는 인물이 아니겠는가.

샤갈에게는 단번에 든든한 배경이 줄줄이 생기는 셈이다. 샤갈은 이번 기회를 놓치지 않기 위해 단단히 각오를 했다.

잘만 되면 시장에게 뒤통수를 맞은 일을 되갚아줌은 물론 앞으로는 눈치를 볼 필요도 없기 때문이다.

"저희가 늦은 건 아니겠지요?"

"오늘도 멋진 시합을 구경하게 되겠군요, 테세우스님."

두 사람이 웃으며 들어왔다. 테세우스에게 과한 예를 취하기보다는 스스럼없이 대하는 걸로 봐서 꽤나 가까운 사이라는 걸 알 수 있었다. 물론 샤갈도 그들이 누구인지 단번에 알아봤다.

기대만큼이나 그들 역시 비잔티움에서 유력자였기 때문이다.

"잘 오셨소. 이쪽은 클라니우스 가문의 샤갈 가주라오. 이분은 밀라노 상단의 미카엘 상단주시고 이분은 시의원이신 타우렌님이네."

테세우스는 샤갈에게 그들을 소개를 해주었다. 비잔티움뿐만 아니라 전 대륙에 걸쳐 지부를 두고 있는 거대 상단의 주인과 시의원이었다. 이들은 시장은 물론 귀족원장도 함부로 대할 수 없는 인물들이다.

샤갈의 기대가 딱 들어맞았다.

"클라니우스 가문의 샤갈이라고 합니다. 만나 뵙게 되어 영광입니다. 잘 부탁드립니다."

샤갈은 최대한 정중하게 그들에게 인사를 올렸다. 한 명은 엄청난 재력을 지닌 갑부이자 대륙의 정보를 손에 쥐고 있는 인물이고, 또 한 명은 언제 시장이 될지 모르는 인물이다.

또한 시장을 견제할 수 있는 위치에 있었기에 가깝게 지낼 수만 있다면 아르메니우스 시장의 손아귀에서 벗어날 수 있었다.

"부탁은 우리가 해야지. 만나서 반갑네."

"반갑소. 잘 지내봅시다."

미카엘 상단주와 타우렌 시의원은 테세우스가 소개해서인지 꽤나 친근하게 대해주었다.

"자자, 앉읍시다. 저녁 식사 후에는 멋진 시합을 보게 될 것이오. 아니 그런가, 샤갈 가주?"

"기대하셔도 좋습니다!"

샤갈은 저도 모르게 큰소리로 외쳤다. 무척 고무된 듯했다. 이렇게나 좋은 자리가 될 줄 오기 전까지는 전혀 예상하지 못한 탓이다. 사실 조마조마한 마음에 왔는데 오기를 백번은 잘했다고 생각하는 중이다.

"하하하!"

"이거 기대가 크네."

모두는 한껏 분위기가 들떴다. 샤갈은 계속해서 좋은 분위기를 이끌어가기 위해 노력했다.

"저, 가주님, 손님이 오셨습니다."

"손님? 또 올 사람이 없는데?"

이때 집사가 또 다른 손님이 왔음을 알렸다. 하지만 테세우스는 전혀 모르는 눈치였다.

"시장님과 수도에서 온 참사관이 뵙기를 청합니다. 귀족원장과 오로도스 가문의 가주도 일행으로 있습니다."

"참사관이라……. 일단 들이지."

테세우스는 그들의 방문을 전혀 예상하지 못한 듯했다. 참사관이라면 집행부의 관리로 직접 군대를 이끄는 일종의 장군이다. 수도에서 참사관이 왔다면 군대가 들어왔다는 걸 의미한다.

"테세우스님, 이렇게 불쑥 찾아뵙게 되서 송구합니다. 인사를 드리려고 했는데 마침 일행이 있어서 내친김에 오게 되었습니다. 참사관 시리우스라고 합니다."

참사관 시리우스는 정중하게 예를 갖췄다. 하지만 그건 후작에 대한 예가 아니었다. 참사관은 실질적인 군권을 지닌 만큼 작위를 초월해 그만한 권력을 지녔기 때문이다.

"참사관께서 직접 방문해 주시니 감사해야지요. 시리우스님, 잘 오셨습니다."

"환대해 주시니 감사드립니다."

"당연히 환영합니다."

테세우스는 예에 대해서는 별로 개의치 않았다. 시리우스의 방문에 대해서 환대하며 좋은 인상을 남기고자 했다. 아무리 갈라파고스 가문이라고 해도 그건 전대 황후가 있던 시절이면 몰라도 지금은 실질적인 권력에서는 한발 물러난 상태가 아닌가.

참사관과 사이가 틀어져서 좋을 건 없었다.

"테세우스님, 오늘 저녁에 멋진 시합을 보여 드릴까 했는데 마침 샤갈 가주도 있군요. 잘됐습니다."

아르메니우스 시장도 인사를 하며 테세우스의 기분을 맞춰주었다. 테세우스가 워낙 워리어스의 시합을 좋아하기 때문이다.

"그런가요? 기대가 크군요."

테세우스도 별다른 내색 하지 않고 받아들였다.

"오늘은 콜로세움에서보다 더 재밌는 시합이 될 것 같습니다. 환대해 주셔서 감사드립니다."

"귀족원장께서 오셨는데 홀대할 수야 있겠습니까?"

귀족원장 로베니우스도 정중하게 인사를 했다. 로베니우스는 첫 대면으로 갈라파고스 가문에 꽤나 흥미를 가지고 있었다.

"후작 각하를 뵙습니다. 오로도스 가문의 가주 막시무스라고 합니다. 잘 부탁드립니다."

"편하게 부르게. 환영하네."

모두 인사가 끝나자 기다렸던 막시무스가 얼른 예를 갖추며 인사를 올렸다. 막시무스는 다른 고위 인사들을 내세워 갈라파고스 가문과 어떻게든 줄을 댈 속셈이었다.

처음에야 갈라파고스 가문을 고립시키려고 생각했지만 아르메니우스 시장과의 논의 후 생각을 바꾼 것이다. 일개 워리어스 양성 가문에서 어찌할 상대가 아니었기 때문이다.

그 때문에 이렇게 줄줄이 대동하고 나타나 기회를 만든 것이다.

"감사드립니다."

테세우스가 기분 나쁜 내색을 하지 않자 막시무스는 내심 안도했다. 자칫 자신이 찍힐 수도 있는 상황이기 때문이다.

"참, 샤갈 가주와는 다들 알 테고, 참사관께서만 모르겠군요. 샤갈 가주, 인사드리게."

막시무스는 시리우스에게 샤갈 가주를 소개했다.

"클라니우스 가문의 가주 샤갈입니다. 잘 부탁드립니다."

"자네의 명성은 익히 들었네. 비잔티움에서는 여기 오로도스 가문과 양대 가문이라고? 오늘 기대가 크네."

"기대에 부응하겠습니다."

시리우스와 샤갈이 인사를 나누며 분위기는 점차 이전처럼 부드러워졌다.

"참, 이분은 밀라노 상단주 미카엘님이고 이분은 시의원 타우렌님입니다."

테세우스는 시리우스에게 미카엘과 타우렌도 소개했다. 한동안 비잔티움에 머물자면 이 둘의 도움은 반드시 필요한 일이다.

"오늘 비잔티움의 실세들을 다 뵙게 되는군요. 참사관 시리우스라고 합니다. 앞으로 잘 부탁드립니다."

시리우스는 반갑게 인사를 했다. 밀라노 상단이야 익히 아는 곳이고 시의원이 어떤 위치인지도 잘 알기 때문이다. 시리우스로서는 꽤나 유익한 자리였다.

"부탁은 저희가 해야지요."

"좋은 인연이 되기를 바랍니다."

"자자, 일단 앉아서 와인이나 한 잔씩 합시다."

"예, 테세우스님."

예기치 않은 손님들의 방문이 있었지만 분위기는 화기애애했다. 테세우스의 서글서글한 성격이 한몫했다. 또한 한 사람 한 사람이 비잔티움에서 행세깨나 하는 쟁쟁한 인물들이었기에 괜히 적으로 둘 이유는 없었다.

*　　*　　*

"이곳엔 어떻게 잠입한 거지? 여긴 시장조차도 함부로 할 수 없는 가문이라고 들었는데. 설마……."

카시아스는 레지스탕스에서 후작 가문에 숨어들 수 있었던 게 가장 의아했다. 하지만 곧 하나의 생각을 떠올렸다. 숨어든 게 아니라면 가능한 것이다.

"명을 재촉하지 마라. 뭐, 어차피 살려두기엔 위험하지만."

뜻이 있는 곳에 길이 있다　131

일리나의 표정이 매서워졌다.

"어차피 난 죽을 목숨인데 순순히 원하는 걸 줄 것 같나?"

"홍! 고통받는 것보다는 그게 나을 텐데? 때론 편한 죽음이 구원이 되기도 하지."

일리나는 콧방귀를 뀌며 위협했다. 그 누구도 고통을 이겨낼 수 있는 인간은 없다. 처음엔 다들 자신은 다르다고 생각하지만 막상 한계를 벗어나는 고통을 맛본다면 그렇게나 부여잡았던 목숨이 빨리 끊어지기를 바라게 되는 것이다.

"난 그런 구원 받을 생각은 조금도 없다. 할 일이 있거든?"

카시아스는 단호했다. 어떤 위협에도 순순히 응하지 않을 것이라는 걸 분명히 했다.

"워리어스로 나서서 칼이나 휘두르는 것 말이야? 간혹 그런 멍청이들이 있지. 워리어스가 무슨 대단한 명예인 양 떠들며 목숨까지 바치는 그런 어리석은 자들."

일리나는 카시아스가 제법 배짱을 부리는 모습이 우스웠다. 워리어스라는 허울에 빠져 현실 파악을 못한다고 판단한 것이다. 아무리 강한 척한다고 해도 그저 인간일 뿐이다.

"나 역시 워리어스에 어떤 명예가 있다고는 생각하지 않는다. 그저 노리개로 살다 죽는 노예일 뿐이지."

"호오, 아직 워리어스가 된 지 얼마 안 되서인지 물들지는 않았구나. 뭐, 관계없지만."

일리나는 흥미로운 표정을 지었다. 그저 허세만 가득한 줄 알았는데 제법 생각이 있어 보였기 때문이다. 하지만 카시아스가 어떤 인물인지 일리나에게는 중요하지 않았다.

일리나의 관심사는 오직 하나다. 그것만 알아내면 카시아스가 죽든 살든 아무 관심이 없는 것이다.

"마나 속박에서 벗어나는 방법을 알고 싶은 건가?"

"그래."

"레지스탕스의 세력에 대해서는 대충 들었다. 마나 속박에서만 자유로워진다면 언제든 이 나라를 뒤집을 만큼 세력이 강하다던데, 그 말이 사실인가?"

카시아스는 샤막에게 들었던 이야기를 했다. 사실 믿기지 않을 만큼 레지스탕스는 대단한 조직이었다. 그게 사실인지 확인하고 싶었다. 반란이 성공한 후에는 레지스탕스의 도움이 필요했기 때문이다.

"물론. 제국은 마나 속박을 너무 믿고 있지. 물론 수백 년 동안 굳건히 지켜졌지만 그건 마나 속박의 비밀을 몰랐을 때지. 우리의 전사들이 자유로워진다면 제국의 군대쯤은 싹 쓸어버릴 수 있거든."

일리나는 자신했다. 샤막의 말대로 레지스탕스라는 조직은 제국에 버금갈 만큼, 아니, 무력으로는 오히려 압도할 만큼 광대한 세력을 지니고 있음에는 틀림없어 보였다.

"수백 년간 이어진 조직이라니 대단하군."

카시아스는 순순히 감탄했다. 목적을 달성하지 못한 조직이 그렇게나 오랫동안 이어진 예는 없기 때문이다.

"이제 말해봐. 비밀이 뭐지?"

"왜 날 죽이려는 거지?"

일리나의 물음에 카시아스는 또 다른 물음으로 답했다. 서로 원하는 게 다른 것이다.

"그건… 네가 우리를 위태롭게 할 수 있으니까."

"레지스탕스라는 걸 알았다는 것 때문에?"

"레지스탕스가 이어질 수 있었던 건 보안을 철저히 했기 때문이야. 우린 그들 사이에 존재하고 있지. 다만 드러나지 않을 뿐. 하지만 우리 신분이 노출된다면 철저하게 격멸당할 거야. 아직은 저들에 대항할 수 없으니까. 네겐 미안하지만 어쩔 수 없어. 너 하나 때문에 우리 모두가 위험에 빠질 수는 없으니까."

일리나는 카시아스를 살려둘 수 없는 이유를 말해주었다. 카시아스로서는 억울한 일이지만 수백 년간 이어온 조직의 안위가 더 중요한 건 어쩔 수 없었다.

"갈라파고스 가문의 가주면 비잔티움에서도 가장 높은 신분의 귀족으로 아는데 의외군. 그런 인물이 레지스탕스라니. 아니면 가주가 아닌 측근 중 한 명인 건가? 궁금하군."

카시아스는 갈라파고스 가문과 레지스탕스가 꽤나 밀접한 관련이 있다고 보았다. 그렇지 않고서는 이렇게 워리어스의 노고를 풀어주는 여인 대신 일리나가 있을 수는 없는 일이다.

무엇보다 일리나가 말했던 대로 오늘 방문한 모두를 죽일 수 있을 정도라면 가주나 그에 버금가는 실력자라는 건 분명했다.

채애애앵.

"당장 죽고 싶어?"

일리나의 검이 뽑히며 어느새 카시아스의 목에 닿았다. 조금만 움직여도 동맥이 잘려 죽게 될 것이다.

"진정하지. 난 적이 아니다."

"그걸 어떻게 알지?"

카시아스는 죽이지 않을 걸 아는지 태연하게 말했다. 하지만 일리나는 쉽사리 검을 거둘 수 없었다.

"적이라면 이렇게 순순히 응하지는 않을 테니까. 그리고 너희에게 그 비밀을 말해주지도 않을 테니까."

"그럼… 말해준다는 거야?"

"알았으니 칼부터 집어넣지?"

처어억!

"좋아, 그럼 말해봐. 그 비밀을."

마나 속박의 비밀을 말해준다고 하자 일리나는 두말없이

검을 집어넣었다. 지금 레지스탕스에서 가장 절실히 필요한 게 바로 그것이다.

"거래는 주고받는 게 아니었던가?"

"흥! 우리에게 요구를 하겠다?"

일리나는 카시아스의 제안에 코웃음을 쳤다. 곧 죽을 자가 앞뒤 분간 못하는 게 아닌가.

"그게 공평하겠지. 나 역시 목숨을 걸고 있으니까. 그리고 동료들의 목숨까지도."

하지만 카시아스는 진지했다. 일리나의 협박 따위는 안중에도 없었다. 카시아스의 어깨에는 짊어진 무게가 다른 것이다.

"동료들의 목숨? 그게 무슨 말이야? 네가 허튼짓만 하지 않으면 너 하나의 목숨으로 끝날 일이야. 밖에 있는 동료들은 해칠 이유가 없으니까."

일리나는 카시아스의 말을 잘못 받아들였다. 어떤 결과가 되든 이곳에 방문한 모두를 죽이겠다고 오해한 걸로 생각한 것이다.

"아니, 그런 말이 아니다. 나 역시 목숨을 걸 만한 일을 진행 중이거든. 물론 성공 가능성은 희박하다. 그리고 성공한다고 해도 도움이 필요하지, 레지스탕스의."

카시아스는 계획하고 있는 일에 대해서 살짝 흘렸다. 반란에 성공하더라도 레지스탕스와 접촉하는 게 문제였는데 이참에 그 문제까지 해결한다면 일석이조가 아닌가.

일리나의 정체를 안 순간부터 카시아스는 레지스탕스를 이용할 계획을 세운 것이다.

"설마… 반란?"

일리나의 두 눈이 부릅떠졌다. 설마 카시아스가 그런 일을 꾸미고 있을 줄은 몰랐던 것이다.

"그래. 우린 짐승의 우리를 박차고 나올 것이다."

"그건 불가능해. 지금껏 워리어스의 반란이 성공한 예는 없어. 제아무리 강하다고 해도 반란이 일어나는 순간 양성소와 그 주변은 마나 속박이 발동되거든. 절대로 친위대를 이길 수 없을 거야."

일리나는 반란에 대해서 완강히 반대했다. 그건 스스로 죽을 자리에 뛰어드는 것이 아닌가. 레지스탕스가 음지에 숨어 있는 이유도 바로 그 때문이다.

마나 속박에서 자유롭지 못한 이상 어떤 반란도 불가능하다. 그것이 대제국 탈로스를 지금껏 유지해 온 비결이었다.

"워리어스들이 마나 속박에서 자유로워도 그런 말이 나올까? 고작 친위대 정도로 워리어스들을 막는다? 콜로세움에서 목숨을 내놓고 싸워온 전사 중의 전사들을?"

"설마 워리어스 모두가 마나 속박에서 자유로운 거야?"

일리나는 더욱 놀란 표정을 지었다. 이제껏 마나 속박에서 자유로운 인간이 카시아스 하나라고 생각했는데 그게 아닌 듯했다. 지금껏 워리어스 중에서 마나 속박에서 자유로운 자는 단 한 사람도 없지 않았던가.

만일 카시아스의 말이 사실이라면 이는 엄청난 사건이었다.

"그래, 내가 그 방법을 알려줬다. 아직은 시간이 필요하지만 머지않아 클라니우스 가문은 사라지겠지."

카시아스는 자신있게 말했다.

"후움. 클라니우스 가문을 벗어나면 우리와 합류한다는 거야?"

일리나는 카시아스에게 비밀을 알아내고 죽이려는 생각이 바뀌었다. 카시아스의 말대로라면 이는 큰 변수가 될 수 있었다. 레지스탕스는 지금껏 워리어스들을 이용할 생각은 하지 않았다.

그들은 모두 마나 속박에 취약했기 때문이다. 하지만 마나 속박에서 자유로운 워리어스가 나타난다면 이는 천군만마를 얻는 셈이다.

클라니우스 가문이 도화선이 되어 다른 양성소의 워리어스까지 모두 자유로워진다면 탈로스 제국이 무너지는 시기는 더욱 앞당겨질 것이다.

"가능하다면. 우린 이 세상에 대해 아무것도 모른다. 투견들도 함께할 테지만 그들 역시 쫓기는 몸. 의지할 곳이 없다. 우리를 도와줄 수 있겠나? 그럼 나를 죽일 이유가 없잖아. 한배를 탈 테니까."

카시아스는 레지스탕스에서 도와주기를 바랐다. 그들의 도움이 있다면 성공 가능성을 더욱 높일 수 있었다.

"정말 자신있는 거야?"

일리나는 카시아스의 허세인지 자신감인지를 판단하고자 했다. 아직까지는 갈피를 잡지 못했다.

"물론. 이미 소환수와 투견들은 뜻을 모았다. 워리어스가 출신의 구분 없이 하나가 된 이상 누구도 우릴 막아설 수는 없다."

카시아스는 반란이 성공하리라고 자신했다. 그의 눈빛에서는 조금의 망설임이나 허세도 보이지 않았다. 반드시 될 것이라는 자신감과 확고함만이 담겨 있었다.

"대단한 자신감이네. 하긴 워리어스가 제 능력을 발휘할 수만 있다면 웬만한 병력으로는 막아내기 어렵겠지."

일리나도 카시아스의 자신감이 충분히 설득력이 있다고 보았다. 워리어스의 강함은 발렌티아 대륙에서는 누구나 인정하는 바였기 때문이다.

"도와줄 수 있나?"

"그건 나 혼자 결정할 일이 아니야. 일단 상부에 보고한 후에 답을 주지."

일리나는 중요한 사안인 만큼 혼자 결정할 수 없었다. 자신의 임무는 카시아스가 마나 속박에서 정말 자유로운지 확인하는 것이고, 가능하면 카시아스만 빼오는 것이기 때문이다.

"다시 만날 기회가 없을 텐데?"

"기회는 만들면 돼."

"하긴, 갈라파고스 가문이라면 샤갈 가주 정도는 언제든 오라 가라 하겠지. 여기 가주가 레지스탕스인가, 아니면 갈라파고스 가문의 유력자 중 한 명이?"

카시아스는 과연 누가 레지스탕스와 관련이 있는지 궁금했다. 그의 도움을 받을 수만 있다면 한결 계획을 실행하는 데 유리했기 때문이다. 갈라파고스의 힘이라면 샤갈로서는 절대로 대항할 수 없는 위치가 아닌가.

"거기까지 알 단계는 아니야. 우리도 첩보대를 제외하면 서로의 정체를 모르니까."

레지스탕스가 수백 년을 이어온 가장 큰 이유는 보안을 철저히 했기 때문이다. 수많은 점조직 형태로 이어졌고, 첩보대의 지령을 통해 임무를 수행한다.

점조직 하나가 발각되더라도 상부의 조직까지 이어지지 않는다는 점 때문에 탈로스 제국에서는 레지스탕스를 뿌리

뽑지 못한 채 지금처럼 세력을 키우도록 만든 것이다.

"넌 첩보대겠군."

"그래."

"아무튼 부탁한다."

"일단 보고한다니까. 그럼 말해봐, 그 비밀을."

일리나는 카시아스가 원하는 대로 최대한 협조할 생각이었다. 이제 줄 것은 줬으니 받을 차례다.

"그건… 우리가 성공하고 머물 곳을 마련해 주면 말해주지."

카시아스는 레지스탕스가 절실히 원하는 비밀에 대해서는 일단 보류하기로 했다.

"뭐야? 그걸 우리가 받아들일 거라고 생각해?"

일리나의 표정이 사나워졌다. 얻을 건 다 얻어놓고 정작 대가는 지불하지 않겠다는 속셈이 아닌가.

"지금 날 죽이든가 아님 나중에 그 비밀을 알게 되든가. 알아서 해. 지금은 말해줄 수 없으니까."

"보험이라는 거야?"

"그래. 이 세상은 우리에게 낯선 땅이니까. 너희가 약속을 지키지 않으면 우리로선 아무런 방법이 없거든."

카시아스는 레지스탕스를 완전히 신뢰하지 않았다. 아니, 이 세상 자체를 신뢰하지 않았다. 소환수의 입장으로선 발렌티아 대륙의 모든 걸 믿을 수 없다는 게 정확했다.

만일 레지스탕스에서 필요한 걸 얻은 후 도움을 주지 않거나 계획을 알리기라도 하면 아무것도 해보지 못한 채 당하게 된다. 카시아스는 대항할 수 있는 여건을 만들기 전에는 절대로 마나 속박에서 벗어나는 방법을 말해주지 않을 생각이었다.

우선은 레지스탕스에 그만한 능력이 있는지와 신뢰할 수 있는 자들인지를 알아보는 게 먼저다.

"후움. 그것도 보고한 후에 말해주지."

일리나는 선택권이 없었기에 일단은 카시아스의 요구를 수용했다.

"그보다 더 시급한 일이 있어. 사실 그것 때문에 이번 반란을 함께할지 다들 망설였거든. 반란이 성공하느냐의 여부가 달려 있다고 할 만큼 중요한 문제야."

"그게 뭔데?"

"지금 클라니우스 가문의 워리어스들은 싸울 수 없는 상태야."

카시아스는 가장 시급한 현안에 대해 이야기했다. 워리어스들에게 가장 큰 부담이자 걸림돌이 되는 부분이다.

"그게 무슨 말이야? 워리어스가 싸울 수 없는 상태라니?"

일리나는 황당한 표정을 지었다. 싸움으로 먹고사는 자들이 싸울 수 없는 상태라는 건 이해하기 힘든 일이다.

"마나를 사용할 수 없는 상태야."

"뭐? 마나를? 왜?"

일리나는 무척 놀란 표정을 지었다. 그들의 검술도 놀랍지만 마나의 양은 일반 기사를 훨씬 능가하지 않는가. 그런데 한두 명도 아니고 모든 워리어스가 마나를 사용할 수 없다는 건 이해하기 힘든 일이었다.

"마나 속박에서 자유로워지는 방법에 대해서 테스트하다가 좀 잘못됐거든. 그래서 마나를 사용하면 역류하게 돼. 마나 역류가 뭔지는 알지? 어떻게 되는지도?"

카시아스는 마나 속박의 방법이라는 건 말해주지 않은 채 다른 구실을 내세웠다. 섣불리 마나 속박에서 벗어나는 방법을 말해줄 수는 없었기 때문이다.

"나도 마나를 수련하는 데 모를 리가 있어? 폐인이 되거나 죽는 거잖아?"

"그래. 그래서 다음 달에 있을 시합에 나갈 수 없게 됐어. 물론 가주는 몰라. 알려서도 안 되고."

카시아스는 레지스탕스의 도움으로 이번 시합에 불참할 생각이었다. 그저 운에만 맡길 수는 없지 않은가. 이렇게 레지스탕스와 접촉하게 되었고, 그들에게 클라니우스 가문을 움직일 정도의 힘이 있다는 걸 안 이상 적극적으로 이용할 생각이다.

"그러니까 다음번 시합 때 클라니우스 가문이 출전할 수 없도록 해달라는 거야?"

일리나도 카시아스가 원하는 바를 알아들었다. 한 달여 뒤에 있을 콜로세움에서의 시합. 피의 제전을 제외한다면 두 달에 한 번씩 열리는 시합이 가장 규모가 컸다.

"그래. 그것만 해준다면 반란이 성공할 가능성은 아주 높아. 아니, 반드시 성공하게 될 거야."

카시아스는 간절히 바랐다. 가장 큰 걸림돌이 해결될지도 모르는 순간이다.

"후움. 그건 불가능해. 클라니우스 가문은 워리어스를 양성하는 가문이고 콜로세움에 서는 게 가문의 존재를 알리는 유일한 길이야. 다음 달 시합은 클라니우스 가문이 언제나 출전했던 시합이고."

일리나는 잠시 생각에 잠겼지만 이내 고개를 저었다. 아무리 힘이 있다고 해도 클라니우스 가문이 시합에 출전하지 못하도록 막는 건 무리였다.

자칫 그로 인해 레지스탕스의 실체가 드러나 버릴 수도 있었다. 샤갈의 마음을 돌리지 않는 이상 강제적으로 출전을 못하도록 막는 건 무리수였다.

"물론 알아. 하지만 그 시합에 나가게 되면 내 동료 대부분은 죽게 될 거야. 그리고 가주가 눈치채겠지."

"우리 세력이 크다고는 해도 다들 신분을 숨기고 있어. 그런 영향력을 대놓고 발휘하기 힘들단 말야."

일리나도 나름대로의 어려운 사정을 설명했다. 힘이 있고 없고의 문제가 아니라 레지스탕스의 실체가 드러나는 위험을 감수해야 하기 때문이다.

"어렵다는 건 알아. 하지만 어떻게든 해줘. 반란의 성공 여부가 거기에 달려 있다."

카시아스는 이번 문제만큼은 매달려서라도 꼭 해결하고 싶었다. 뻔히 죽을 걸 아는 시합에 나갈 수는 없지 않은가. 레지스탕스에서 마음만 먹는다면 충분히 가능한 일이었다.

"후움. 이건 심각한 문제인데… 일단 보고는 하지. 하지만 결과는 장담할 수 없어. 너무 기대하지 마."

일리나는 확답을 하지는 않았지만 이 문제 역시 윗사람들에게 넘길 생각이었다. 일리나는 첩보대의 장교일 뿐 정보를 임의로 판단하고 결정할 권한은 없었기 때문이다.

"노력이라도 해준다면 그걸로 고맙게 생각한다."

카시아스는 어느 정도 만족했다. 과연 레지스탕스가 어떤 결정을 내릴지는 알 수 없지만 반란에 실패하면 자신은 죽는다. 그리고 레지스탕스가 알고자 하는 비밀로 묻히게 된다.

그들이 자신의 비밀을 얼마나 원하느냐에 따라 위험을 감수할지 결정하게 될 것이다.

"그보다 당장 오늘은 어떻게 넘길 건데?"

"오늘? 무슨 소리야?"

일리나의 물음에 카시아스는 고개를 갸웃했다. 다음 시합 외에 특별히 위험한 상황은 없기 때문이다.

"오늘도 저녁 식사 후에 시합이 있다는 걸 알 텐데?"

"마나를 사용할 수 없을 뿐이지 힘을 못 쓴다는 건 아냐. 검술은 그대로니까 걱정 안 해도 돼."

카시아스는 여유롭게 대답했다. 그동안 오늘 보여줄 시합을 위해 계속해서 훈련해 오지 않았던가. 어떤 동선에서 움직이고 공방을 주고받을지 이미 각본은 짜여 있었다.

마나를 사용하지 못하는 것은 아무 문제가 되지 않는다.

"무슨 말이야? 여긴 갈라파고스 가문이야. 대충 보여주기 위한 시합이 통할 것 같아?"

일리나는 황당한 표정으로 말했다. 샤갈 가주 역시 갈라파고스 가문과는 전혀 교류가 없었던 만큼 이곳에서 어떤 식으로 시합이 이루어지는지 전혀 모르는 듯했다.

"설마 친선 시합에 마나까지 사용한단 말이야?"

일리나의 말에 카시아스의 표정이 굳어졌다. 사실이라면 정말 큰일이 아닌가.

"장소만 옮겼을 뿐 콜로세움에서의 시합과 다르지 않아.

팔다리가 잘리거나 죽지만 않는다면 치유의 돌로 완쾌되니까."

일리나는 갈라파고스 가문 내에서의 시합이 어떤 식으로 이루어지는지 간단하게 말해주었다. 이건 단순히 보여주기 위한 시합이 아니었다. 정말 처절한 대결이 펼쳐지는 것이다.

아무리 크게 다쳐도 치유될 수 있기에 가능한 시합이었다.

"이런, 치유의 돌이 있었지. 설마 실전 같은 시합을 하게 될 거라고는 생각하지 못했는데……."

카시아스도 그제야 일의 심각성을 깨달았다. 만일 치유의 돌이라는 게 없었다면 친목 시합에서 피를 보지는 않을 것이다. 하지만 치유의 돌은 어떤 치명적인 부상도 치유하지 않는가.

아무리 심하게 다친다고 해도 멀쩡하게 완쾌시킬 수 있으니 친목 시합이라고 해서 사정을 봐줄 필요가 없는 것이다.

"오늘 시합을 보고 샤갈 가주가 눈치챌 수도 있어."

일리나는 곧 있을 시합이 걱정되었다. 한 달여 뒤가 아니라 오늘 저녁에 당장 들통 날 수도 있었기 때문이다.

"어떻게 안 될까?"

카시아스는 마음이 급해졌다. 너무나 안일했던 것이다. 전혀 예상치 못한 상황에서 궁지에 몰린 셈이다.

"정말 마나를 사용할 수 없는 거야? 전부?"

"나와 샤막, 그리고 로베르토는 가능해. 하지만 나머지는 마나를 사용할 수 없어."

"신참 셋만 가능하다는 거지?"

"그래."

카시아스는 막막했다. 오늘은 소환수와 투견 각각 서열 1위부터 4위까지의 워리어스와 카시아스, 샤막, 그리고 로베르토가 왔다. 이중에서 그나마 마나를 사용할 수 있는 건 셋뿐.

가장 강하리라 생각하고 있을 워리어스들은 마나가 텅 비어 있는 상태다.

카시아스나 샤막, 그리고 로베르토는 설령 패하더라도 신참이라는 변명을 할 수 있다. 또한 그리 강한 상대를 붙이지도 않을 것이다. 하지만 다른 워리어스들은 달랐다.

클라니우스 가문의 최강의 워리어스가 아닌가. 갈라파고스 가문에서도 그에 걸맞은 상대를 붙여놓게 될 것이다.

그렇게 되면 결과는 해보나마나. 샤갈은 단번에 워리어스들의 상태를 눈치채게 될 것이다.

"알았어. 일단 해결해 볼게. 샤갈 가주 정도야 여기서 함부로 말할 수 없는 입장이니까."

일리나는 시합 전에 어떻게든 조치를 취할 생각이었다. 오늘 무슨 일이 있든 샤갈은 불만을 토로할 수 있는 위치가 아니었기 때문이다.

"고맙다. 우리가 밖에서 만나게 되면 마나 속박에서 자유로워지는 방법을 꼭 알려주겠다."

"그 약속, 꼭 지켜야 할 거야. 아님 반란에 성공하더라도 살아남지 못할 테니까."

"물론. 알려줄 뿐만 아니라 레지스탕스에 힘을 보탤 생각이다. 제국을 무너뜨리기 위해서."

카시아스는 단단히 다짐했다. 레지스탕스에서 정말로 전폭적인 지원을 해준다면 그들과 손잡지 못할 이유가 없었다. 어차피 카시아스에게도 레지스탕스와 같은 세력이 필요했기 때문이다.

"마나 속박에서만 자유로워진다면 굳이 너희의 힘을 빌릴 필요도 없을 거야."

일리나는 카시아스의 비밀 외에는 별로 기대하지 않는 눈치다. 그도 그럴 것이, 이미 세력 면에서는 제국의 힘을 넘어섰기 때문이다.

"그냥 우리의 바람이야. 그리고⋯ 부탁할 게 더 있는데……"

카시아스는 잠시 망설이다 입을 열었다.

"뭐야? 아무것도 주는 건 없으면서 이것저것 너무 요구하는 것 아냐?"

일리나의 표정이 찌푸려졌다. 시합에 출전하지 않는 문제부터 오늘 저녁의 일까지 이것저것 부탁만 하고 아무것도 해준 건 없지 않은가. 그런데 또 뭔가를 부탁하니 꽤나 염치없는 일이 아닌가.

"약속은 반드시 지킨다."

카시아스는 자신이 해줘야 할 부분에 대해서는 확실히 답했다.

"흥! 이번엔 뭔데? 반란에 성공하기 위해서 또 뭔가 우리가 해줘야 하는 거야?"

일리나는 콧방귀를 뀌었지만 들어줄 수밖에 없었다. 아쉬운 건 자신들이다.

"아니. 이건 개인적인 부탁이다."

"개인적인 부탁? 넌 소환수 아닌가?"

일리나는 의아한 표정을 지었다. 개미굴에서 바로 양성소로 왔다면 바깥세상과는 완전히 단절되어 있는 게 정상이기 때문이다.

"그래. 나도 부탁받은 일이야."

"쳇. 제 앞가림도 못하면서 오지랖은. 뭔데?"

일리나는 그런 카시아스를 비아냥거렸다. 당장 죽을지도 모르는 판국에 다른 사람의 부탁이라니 오지랖도 수준급이 아닌가.

"쥴리아라고, 샤막의 여인이 있는데 구해줬으면 해."

"샤막의 여인? 샤막이라면 로비우스의 팔을 잘랐던 그자?"
"맞아."

일리나는 꽤나 놀란 눈치다. 샤막의 사연이라면 비잔티움에서 모르는 이가 없지 않은가. 시민들 사이에서도 샤막의 로맨스와 비극적인 결말은 꽤나 회자되고 있었다.

"그자에 대한 소문은 꽤나 퍼졌으니까. 그런데 그자의 여인이라니? 어딘가에 숨어사는 게 아냐?"

일리나도 대략적인 소문만 들었지 자세한 사정은 모르는 듯했다. 비극적인 결말은 샤막에게 해당되는 것이지 쥴리아와 관련해서는 소문에도 이렇다 할 내용이 없었기 때문이다.

"로비우스에게 잡혀갔어."
"뭐?"
"지금 쥴리아는……."

카시아스는 현재 쥴리아가 처한 상황과 어떤 고통을 받고 있는지 말해주었다. 이야기를 듣는 내내 일리나의 표정은 수도 없이 변하며 상기되었다.

"그런 짐승 같은 새끼가!"

일리나의 입에서 이내 욕설이 튀어나왔다. 이건 해도 해도 너무한 짓이 아닌가.

"구해줄 수 있겠어?"
"매음굴에서 빼오는 거야 그리 어렵지는 않아. 하지만 아이까지는 힘들어."

일리나는 어렵지 않게 대답했다. 매음굴을 지키는 자들이야 별것 없었지만 문제는 로비우스의 집에 있는 아이를 빼내는 것이다. 그건 쉽지 않았다.

자칫 레지스탕스의 흔적이 드러날 수도 있기 때문이다. 무엇보다 샤막과의 일이 있은 후 로비우스는 집안의 경비를 배로 늘렸고 기사의 숫자도 대폭 늘려놨던 것이다.

"아이를 구하지 않으면 쥴리아도 나오려 하지 않을 거야. 그럼 아이가 잘 있는지만이라도 알아줬으면 한다. 아이를 구해올 수 있으면 정말 고마울 거야."

카시아스도 쉽지 않은 일이라는 걸 알기에 최대한 부탁했다. 아이 때문에 그 모진 고통을 견디는 쥴리아는 아이 없이는 매음굴에서 나오려 하지 않을 것이다.

쥴리아를 구하기 위해서는 아이가 먼저였다.

"으음. 소식만이라면 가능해. 알았어."

일리나는 순순히 응했다. 이번 일은 몰랐다면 모르지만 안 이상 그냥 넘어갈 수 없었다. 제법 정의감에 불타는 일리나의 성격상 당연한 일이다.

"그리고 두 사람을 찾아줘."

"소환수가 무슨 아는 사람이 그렇게 많아?"

일리나의 얼굴이 찌푸려졌다. 바깥세상과는 아무런 교류

가 없어야 하는데 카시아스는 여기저기 많이도 얽혀 있는 것 같았다.

"그렇게 됐다. 부탁 좀 한다."

"말해봐."

일리나는 기왕 들어준 것 다 해주기로 했다. 사람을 찾는 게 그리 어려운 일은 아니다. 전 대륙에 퍼져 있는 첩보망을 이용하면 간단하게 해결할 수 있는 일이었다.

"두 명 다 개미굴로 소환된 여인들이야."

"여인? 그럼 다 죽었을 텐데?"

일리나는 고개를 갸웃했다. 여인의 몸으로 개미굴에서 살아남는 자는 거의 없었기 때문이다.

"아냐. 어딘가로 끌려갔다고 해."

"후움. 간혹 그런 여인들이 있다고는 하지만 거의 드문 경우인데……. 소환된 때와 인상착의에 대해 말해봐."

일리나도 그런 경우를 아는 모양이다. 빼어난 미모의 여인이나 특이한 재능을 가진 여인들은 간혹 개미굴의 생존 방식을 거치지 않고서도 따로 빼돌려지기 때문이다.

그들은 매우 비싼 값에 팔려 가는데 비공식이었기에 대부분 뒷거래로 이루어진다. 개미굴 소장에게는 일종의 부업인 셈이다.

"한 명은 삼 년 하고 몇 월 전이야. 그래, 오로도스 가문의 세르게이와 함께 소환된 여인이야. 정확히는 그의 딸이지. 그녀는……."

카시아스는 설하문의 딸 설련에 대해서 이야기를 시작했다. 그녀의 이야기를 하자 그리운 마음이 가득 밀려왔다.

"후움. 세르게이와 아는 사이였구나. 피의 제전 때 뭔가 이상하다고는 느꼈어. 하지만 마나 속박에서 자유롭다는 사실에 정신이 팔려 깊게 생각하지 못했는데. 알았어. 수소문해 볼게."

일리나는 세르게이가 테일러와 야콥의 비겁한 수에 당했을 때 흥분했던 카시아스의 모습이 떠올랐다. 그 때문에 카시아스가 마나 속박에서 자유롭다는 걸 눈치챈 것이다.

"또 한 명은 내가 개미굴에 소환되기 삼 개월쯤 전에, 그러니까 개미굴 붙박이노인과 함께 소환된 여인이야."

"그 영감한테도 부탁 받은 거야? 참 대단한 오지랖이네."

일리나는 기가 찬 모양이다. 세르게이야 이전 세상에서 알던 사람이라 치지만 붙박이노인은 시민들 사이에서도 꽤나 유명인사가 아닌가.

"응. 내 이름은 그 노인의 이름이야. 노인의 목숨 값으로 살아가고 있지."

"짧은 시간에 많이도 얽혔네. 일단 말해봐."

일리나는 카시아스의 사연이 흥미롭기도 했지만 적어도

그의 성품이 바르다는 건 알 수 있었다. 귀찮을 수도 있는 일이지만 될 수 있으면 카시아스의 부탁을 들어주고 싶은 마음이 들었다.

"그 여인은 은발이고 이름은 아르샤 안드레이. 노인 말로 그녀는 마법사로……."

카시아스는 하페리온 왕국의 공주 아르샤 안드레이에 대해서 노인에게 들은 대로 이야기를 시작했다.

"잠깐! 마법사?"

"그렇게 들었다."

일리나가 화들짝 놀라며 말을 멈췄다.

"마법사라면… 큰일이야."

일리나의 표정이 딱딱하게 굳어졌다. 아르샤가 마법사라는 이유 때문이다. 그녀의 표정이 무척이나 심각해 보였다.

"무슨 말이야? 왜 그래?"

카시아스는 일리나의 반응에 당황했다. 이렇게까지 반응할 일인지 영문을 알 수 없었다.

"발렌티아 대륙에는 이미 마법의 맥이 끊겼어. 그 말은 마법사가 없다는 말이지. 마도구만이 존재할 뿐이야. 만일 마법사가 이 땅에 왔다면… 마도구가 문제가 아니야. 어쩌면 끔찍한 마법이 다시 되살아날지도 몰라. 너도 알지? 소환진 아티나. 그런 게 계속해서 생기게 될 거야. 어쩌면 더 끔찍한 마도구가 생겨날지도. 대제국 탈로스가 탄생하게 된 것도 마법 때문이니까."

일리나는 아르샤의 존재가 얼마나 위험한지에 대해서 이야기했다. 그녀의 말대로 만일 그녀가 마법을 부활시키는 데 일조한다면 일리나의 말은 현실이 될 것이다.

마도구만으로도 대륙의 판도가 바뀌었는데 마법사까지 등장한다면 그야말로 앞으로 어떤 일이 벌어질지 누구도 예측할 수 없었다. 그만큼 마법사의 존재는 엄청난 파급효과를 발휘하게 될 것이다.

"그녀는 절대 협력하지 않을 거야."

카시아스는 강제로 납치되어 온 아르샤가 탈로스 제국을 위해 일하지는 않을 것이라 생각했다. 마지막까지 자존심과 긍지를 지켰던 노인을 보더라도 그가 섬기는 공주라면 분명 그럴 것이라 생각했다.

"그건 모르는 일이야. 지금 제국의 지배층 중 절반 이상은 이 땅에 소환된 자들이니까."

일리나는 카시아스의 생각과는 달랐다. 강제로 소환된 자들이 모두 이 세상을 증오하지는 않는다. 어떤 이들은 또 다른 기회를 얻었다는 생각에 모든 열정을 쏟아붓기도 한다.

그런 자들이 대제국 탈로스를 세운 것이다.

기회만 주어진다면 그들은 이 세상을 위해 자신의 능력을 충분히 발휘할 수도 있다.

워리어스처럼 노예로 부리다 죽이지 않는 이상 이 세상에 대해 원한을 가질 이유가 없기 때문이다.

일리나는 아르샤의 마법 수준이 어느 정도인지는 몰라도 그녀가 마법에 대한 욕심이 크고 또 야망이 있다면 분명 탈로스 제국을 위해 역할을 담당할 수도 있다고 판단했다.

"으음."

일리나의 말을 듣고 보니 카시아스도 아르샤가 협력하지 않을 것이라고 확신하기는 힘들었다. 그녀는 개미굴에서 잔인한 생존 방식을 거친 것도 아니고 만일 최상의 대우를 받고 있다면 어떻게 될지 모르는 일이다.

"이건 중요한 정보야. 알았어. 조직의 정보망을 총가동해 찾아볼게. 찾을 수 있을 거야."

"고맙다. 부탁한다."

일리나는 일단 카시아스의 부탁을 모두 들어주기로 했다. 무엇보다 아르샤 공주에 대한 일은 카시아스의 부탁이 없더라도 조직 전체를 동원해 조사해 봐야 할 만큼 큰 사안이었다.

"더 없는 거지?"

"그래. 내가 부탁할 건 이게 전부다."

"알았어. 일단 나가면 태연하게 행동하고 오늘 나와의 대화는 절대 비밀로 해야 해. 아니면 반란을 시도해 보기도 전에 죽게 될 거야."

일리나는 단단히 주의할 것을 당부했다.

"물론. 우리에게는 목숨이 걸린 일이니까. 아무튼 고맙다. 나가게 되면 갚지."

카시아스는 살짝 고개를 숙이며 감사의 뜻을 표했다. 오늘 일리나와의 만남은 예상치 못한 큰 성과였다. 카시아스는 반란이 성공하리라는 확신을 더욱 강하게 가졌다.

WARRIORS

"자, 저녁 식사도 했으니 이제 여흥을 즐길 시간이군요. 샤갈 가주, 준비는 되었는가?"

테세우스는 본의 아니게 손님은 많아졌지만 기대했던 시간을 갖기로 했다.

"물론입니다. 오늘을 위해서 특별한 준비를 했습니다."

샤갈은 무척 적극적이었다.

"기대되는군."

테세우스도 샤갈의 모습에 꽤나 만족했다.

"비잔티움의 시합이 다른 지역에 비해 꽤나 흥미진진하다고 들었습니다. 테세우스님 덕분에 미리 구경하게 되었습니다."

"만족하게 될 겁니다. 하하하!"

시리우스도 비잔티움의 워리어스에 대해서 무척 흥미를 가지고 있었다. 워리어스의 싸움을 경멸하면서도 한편으로는 즐겼기 때문이다.

군인 대부분은 콜로세움에서의 시합을 무시하는 경향이 있는데 전쟁에서는 일대일의 싸움은 큰 의미가 없다고 생각한 것이다.

워리어스 간의 시합은 그저 여흥거리 정도로 생각했고, 군인에 비하면 실전에서는 약하다는 생각이 지배적이었다.

그러면서도 워리어스의 시합을 보면 절로 흥분되는 건 어쩔 수 없었다.

"시합은 어떻게 진행되는지 궁금하군요. 듣자 하니 테세우스님께서도 워리어스를 양성하신다고 들었는데, 그럼 클라니우스 가문의 워리어스와의 대결입니까?"

"일단 클라니우스 가문에서 준비한 걸 본 후에 우리 가문의 워리어스와 시합을 하면 되지 않겠습니까?"

시리우스의 물음에 테세우스는 애초에 구상했던 대로 진행하기로 했다. 샤갈 가주에게 기회를 주는 것이다. 처음부터 끝까지 양 가문의 대결로 이루어진다면 승패에 관계없이 한쪽은 기분이 상할 수도 있기 때문이다.

"아무려면 어떻습니까? 이렇게 구경할 기회를 주신 것만으로도 감사할 따름이지요."

시리우스는 시합 진행 방식에 대해서는 크게 개의치 않았다. 콜로세움에서는 아무리 스페셜 룸에 있어도 거리가 멀다. 하지만 이곳이라면 눈앞에서 워리어스들을 볼 수 있지 않은가.

그들이 흘리는 땀방울까지 훤히 보이는데 이런 장관도 또 없을 것이다.

"샤갈 가주, 그럼 준비해 주게. 우리도 곧 내려가도록 하지."

"예, 테세우스님."

샤갈은 아래층에서 쉬고 있는 워리어스들에게로 먼저 내려갔다.

"가주님, 잠시만……."

이때 총관 막쿤이 급하게 왔다.

"잠깐 실례하겠습니다."

"아, 예."

테세우스도 예상치 못한 일인지 한쪽으로 막쿤을 데려갔다.

"무슨 일인가?"

"급히 드릴 말씀이 있습니다. 실은······."

막쿤은 뭔가 귓속말을 시작했다.

"그게 정말인가?"

테세우스는 무척 놀란 표정을 지었다. 뭔가 중요한 이야기를 들은 듯하다.

"예. 자세한 사정은 차후에 말씀드린다고 합니다."

"으음. 예상치 못한 손님들이 와 있어서 곤란하게 되었군."

테세우스는 곤혹스러운 표정이 되었다. 곤란한 상황에 놓인 것이다. 참사관을 비롯해 초대받지 않은 손님들이 있다는 게 문제였다.

"어찌할까요?"

"틀림없는 사실이겠지?"

"그렇습니다. 중차대한 일인 만큼 입을 막는 방법도 있습니다. 깨끗이 처리하면 그만입니다."

막쿤의 눈빛이 날카로워졌다. 지금 이 자리에는 비잔티움을 움직이는 최고의 권력자들이 모여 있다. 시장과 귀족원장, 그리고 참사관까지 있지 않은가.

그런 자들의 입을 막는다는 건 굉장한 후폭풍을 몰고 올 수도 있다. 하지만 막쿤은 거침이 없었다.

"아니. 상대는 참사관이다. 그 말은 군대가 와 있다는 말이지. 괜한 빌미를 줄 필요는 없다."

테세우스는 잠시 고민하다가는 고개를 저었다. 시리우스가 없다면 생각해 볼 수도 있겠지만 만일 시리우스가 여기서 제거된다면 어떤 식으로든 화살이 자신을 향할 것이라는 걸 알기 때문이다.

"하지만 바로 들통이 나버릴 것입니다. 그렇게 되면……."

막쿤은 걱정스레 말했다. 입을 막지 않으면 너무나 위험했기 때문이다.

"내가 알아서 하지. 손님들을 격투장으로 안내하게."
"예, 가주님."

테세우스는 일단 계획대로 진행하기로 했다. 만일 틀어지면 그때 가서 입을 막아도 늦지 않는다.

아래층에서는 클라니우스 가문의 워리어스들이 바짝 긴장한 채 서 있었다. 샤갈 가주마저 비위를 맞추기에 바쁜 자들이 떼로 몰려 있는 자리가 아닌가.

한 번의 실수나 무례만으로도 목이 달아날 수 있는 상황이다.

"이번 시합에 우리 클라니우스 가문의 운명이 걸려 있다.

훈련한 대로 최선을 다해야 한다. 그저 보여주기 위한 시합이라고 대충 했다가는 반드시 대가를 치르게 해주겠다. 알겠느냐?"

"예, 가주님."

샤갈은 워리어스들에게 단단히 주의를 주었다. 어떤 자리에 서더라도 이들은 클라니우스 가문의 워리어스들이다. 잘하든 잘못하든 그 결과는 모두 클라니우스 가문에 귀속된다.

이번 기회에 단단한 배경을 가져보려는 샤갈에게 있어 이번 시합은 그 어느 때보다 중요했다.

"콜로세움에 섰다고 생각해라. 치유의 돌이 있으니 죽을 일은 없을 것이다. 절대로 몸을 사리지 마라. 테세우스님의 마음을 사로잡아야 한다."

"예, 가주님."

샤갈은 당부에 당부를 거듭했다. 이들이 얼마나 멋진 시합을 보여주느냐에 따라 자신의 가치가 결정되기 때문이다.

"벨포스!"

"예, 가주님."

"훈련은 잘 되었겠지?"

"물론입니다. 콜로세움에서보다 더 훌륭한 시합이 될 것입니다."

벨포스는 자신있게 대답했다. 일주일가량이지만 오직 오늘을 위해 반복해서 훈련했기 때문이다.

"이번 일만 잘되면 후한 상을 내리겠다. 정열적인 시합을 치를 수 있도록 최선을 다하도록."

"명심하겠습니다."

샤갈은 다시 한 번 당부하고는 워리어스들을 둘러보았다. 그들은 언제 봐도 늠름하다. 샤갈 가주는 한결 마음이 편해졌다. 지금까지 해왔던 것처럼 이들은 오늘도 자신을 실망시키지 않을 것이다.

"샤갈 가주."

"예, 테세우스님."

"시합에 대해서 이야기할 게 좀 있네."

"말씀하십시오. 따르겠습니다."

이때 테세우스가 왔다. 테세우스는 워리어스들을 한번 둘러보고는 나직한 목소리로 말했다.

"우선은 자네 가문 최강자 간의 시합을 보도록 하지. 손님들도 있으니 너무 격하게는 말고. 마나는 사용하지 않는 걸로 하게."

"마나를 사용하지 않는다면 긴장감이 떨어질 수도 있을 텐데요."

테세우스의 주문에 샤갈은 살짝 아쉬웠다. 마나를 사용하지 않으면 밋밋한 시합이 될 수도 있기 때문이다.

"난 검술에 더 흥미가 있네. 무지막지하게 마나로 밀어붙이는 건 나랑은 맞지 않아."

"분부대로 따르겠습니다."

샤갈은 순순히 응했다. 이번 시합은 오직 테세우스를 위한 시합이 아닌가. 테세우스가 원하는 대로 해주는 게 곧 성공적인 시합이 되는 것이다.

테세우스의 취향을 몰랐던 샤갈은 얼른 대답했다.

"하지만 신참들이라면 아무래도 검술이 달릴 테니 마나를 사용하는 걸로 하지. 우리 가문의 워리어스와 자네 신참 간의 대결을 하고자 하는데, 어떻겠나?"

테세우스는 원하는 방향으로 제안을 했다.

"테세우스님께서 원하시는 대로 해야지요. 저는 좋습니다."

샤갈은 두말없이 응했다. 오늘 시합의 목적은 오직 테세우스를 만족시키는 것이기 때문이다.

"자네가 응해주니 고맙군."

"고맙다니요, 당연히 따라야지요. 요구 사항이 있으시면 기탄없이 말씀해 주십시오. 제가 할 수 있는 한 최선을 다하겠습니다."

"하하하, 그리 말해주니 고맙네. 그럼 그렇게 알고 가겠네."

"바로 준비하겠습니다."

샤갈은 테세우스가 이런저런 요구를 해오는 게 오히려 달가웠다. 일단은 관심이 있다는 것이고, 이를 통해 더욱 친밀한 관계를 만들어 나갈 수 있기 때문이다.

*   *   *

시합을 앞두고 워리어스들은 마음을 가다듬는 중이다. 콜로세움에서처럼 목숨을 걸지는 않아도 만일 실수를 하거나 만족스러운 시합이 되지 못하면 혹독한 대가를 치러야 한다.

"카시아스, 어떻게 된 거지? 운이 따르나 보다."

테일러는 마나가 텅 비었다는 게 들통 나지 않고 시합을 치를 수 있을지 걱정하던 차에 테세우스가 그런 요구를 해오자 안도했다. 제대로 된 시합을 했다면 금세 탄로 날 수밖에 없는 상황이 아닌가.

"그러게. 마나 없이 하는 거니까 잘해봐."

카시아스도 내심 안도했다. 일리나에게 조금 전에 했던 요구가 그대로 이루어진 것이다. 카시아스는 운이 아니라고 보았다. 테세우스의 제안은 자신의 요구를 들어준 것이라고 판단했다.

"넌 괜찮겠어?"

"후후, 치유의 돌이 있잖아? 다치면 치료해 주겠지."

카시아스는 여유로웠다. 적어도 오늘 시합만큼은 부담이 없다. 많은 사람이 자신이 살아남기를 바란다는 걸 알기 때문이다. 자신이 죽으면 레지스탕스에서 알고자 하는 비밀도 묻히는 것이다.

테세우스의 주문대로 시합은 클라니우스 가문의 워리어스끼리 이루어졌다. 마나를 사용하지 않고 오직 순수한 검술로만 승부했고, 소환수와 투견 간의 대결이 되었다.

테일러와 야콥은 클라니우스 가문 최강의 워리어스답게 멋진 시합을 보여줬고, 다른 워리어스 역시 서열에 걸맞은 기술을 선보였다.

구경하는 사람 모두 그들의 실력에 만족했다.

"다음은 워리어스가 된 지 석 달가량 된 신참과 갈라파고스 가문의 워리어스의 대결이 있겠습니다!"

샤갈이 직접 앞으로 나서서 시합을 진행시켰다. 두 가문의 워리어스가 앞으로 나섰다. 클라니우스 가문의 워리어스는 카시아스였다.

"저자는 개미굴 붙박이노인을 물리쳤던 그자가 아닌가?"

"맞습니다."

시장 아르메니우스는 카시아스를 알아보았다. 신참임에도 갈라파고스 가문의 워리어스들을 상대로 꽤나 좋은 활약을 펼쳤기 때문이다. 샤갈도 카시아스를 알아봐 주자 기분이 좋았다.

"지난번 시합 때 꽤나 인상 깊었는데 이거 기대가 크구먼."

아르메니우스는 이번에는 또 어떤 기술을 보여줄지 흥미가 생겼다. 카시아스는 지닌 사연만큼이나 강렬한 인상을 주고 있었다.

"붙박이노인이라니 무슨 뜻입니까?"

시리우스는 비잔티움에 온 지 얼마 되지 않아서인지 소문을 접하지 못한 듯했다.

"참사관께서는 잘 모르시겠군요. 저자는 개미굴에서……."

아르메니우스는 개미굴 붙박이노인과 얽힌 카시아스의 사연에 대해 말해주었다.

"제법 흥미로운 사연이군요. 과연 어떤 기술을 보여줄지 궁금합니다."

시리우스도 카시아스의 사연을 듣자 더욱 흥미가 생겼다.

아무런 의미도 없는 단순한 칼싸움보다야 이런저런 스토리가 곁들여지면 더욱 흥미로운 법이 아닌가.

"난 아토스! 연검을 사용한다."

"난 카시아스! 도를 사용한다."

아토스와 카시아스는 각각 자기소개를 했다. 아토스의 검집은 일반 검집보다 긴 것으로 보아 검의 길이도 꽤나 긴 듯했다.

"마나를 사용해도 관계없다. 온 힘을 다하도록."

채애애애앵!

아토스의 검이 뽑혔다. 검은 무척 가늘면서 길었다.

스르르릉!

카시아스의 도가 천천히 뽑혔다.

촤라라라락!

아토스의 검이 뱀처럼 혀를 날름거리며 이리저리 방향을 바꾸기 시작했다.

그의 검은 넓적하면서도 얇았는데, 그 때문에 자유자재로 휘어지며 공격 방향을 바꾸었다. 보통의 검이 공격할 수 없는 각도까지 휘어지며 현란하게 움직였다.

샤샤샤샷!

카시아스는 검을 맞닿기보다는 보법을 시전해 거리를 유지했다. 검의 궤적이 워낙 불규칙하다 보니 접근해서 막기에는 부담을 느낀 탓이다.

쐐애애애액!

뱀처럼 이리저리 휘어지던 검이 갑작스레 곧게 펴지며 일직선으로 찔러왔다.

"헛!"

까아아아앙!

카시아스는 다급하게 도로 쳐냈다. 순식간에 이루어진 공격이었다. 일반 검에 비해 길이가 길어서인지 찌르기 공격은 무척이나 빠르고 날카로웠다.

촤라라라락!

카시아스의 도와 부딪치는 동시에 아토스의 검은 다시금 휘어지며 이리저리 움직였다. 카시아스로서는 막기 까다로울 수밖에 없었다.

'마치 살아 있는 것 같구나.'

아토스의 연검은 스스로 움직이는 게 아닌가 하는 착각마저 들게 했다. 그만큼 현란한 움직임을 보여주며 때로는 전광석화와 같은 찌르기가 더해지니 바짝 긴장해야 했다.

츄아아아악!

어느새 연검이 하늘을 뒤덮었다. 마치 분열이라도 하듯 연검이 빽빽하게 펼쳐지며 카시아스를 덮쳤다.

"이런! 타핫!"

카시아스의 도가 크게 원을 그렸다. 도가 지나친 자리에는 세찬 바람이 뒤따랐다. 광풍을 불러오는 도.

그의 바람은 그물처럼 뒤덮은 연검의 파도를 날려 버렸다.

"지금부터다!"

공격이 막혔음에도 아토스의 입꼬리가 올라갔다.

촤라라라락!

그의 연검이 사방으로 몰아치기 시작했다. 이번에는 그의 검의 궤적에 따라 바람이 몰아쳤다. 이리저리 휘어지며 불규칙하게 공격하는 것 같지만 그의 연검은 정확한 지점을 목표로 좁혀갔다.

까가가강!

불꽃이 튀고 쇳소리가 터져 나왔다. 카시아스의 도에 담긴 힘이라면 연검을 충분히 날려 버릴 수 있을 것 같지만 연검은 휘어지며 충격을 흡수해 버린다. 아무리 세게 쳐내도 다시 제자리를 찾는 것이다.

스스스슷.

아토스는 점점 거리를 좁혔다. 어느새 연검의 사정거리 안에 갇혀 버렸다.

츄아아아악!

뭔가 맹렬한 기세가 느껴진다. 이번 공격은 예사롭지 않다는 게 느껴졌다.

쩌저저저정!

엄청난 굉음이 터져 나왔다.

주르르르륵.

카시아스의 신형이 뒤로 밀려났다. 순간적으로 마나를 운용하지 않았다면 그대로 검이 부서질 뻔했다.

촤라라라락!

어느샌가 아토스의 검이 카시아스의 목을 휘돌며 감싸려는 순간이었다.

후아아아앙!

쩌어어어엉!

카시아스의 도가 거침없이 빈틈을 파고들었다.

파파팡!

카시아스의 발끝이 아토스를 세 차례 가격했다. 군더더기 없는 깔끔한 움직임이었다.

"커헉!"

아토스가 재빨리 뒤로 물러났다. 제법 충격을 받은 듯했다.

"너무 검에만 의존하는군."

"날 가르치려는 건가?"

아토스의 얼굴이 일그러졌다. 이제 워리어스가 된 지 석 달밖에 되지 않은 애송이에게 훈계까지 듣자니 뜨거운 게 치밀어 올랐다.

"틈이 있다면 어디든 무엇으로든 공격한다. 그게 내가 이곳에서 배운 것이다."

카시아스의 공격은 이전 세상에서의 하던 싸움법과는 분명 달라졌다. 이전에는 오직 도 하나로만 승부했고, 수련한 도법만을 사용했다. 하지만 지금은 아니다.

도는 물론 손이며 발, 몸 어느 곳이라도 필요할 땐 사용한다. 초식에 얽매이지 않는다. 이전의 세상에서처럼 누가 강한지가 아니라 사느냐 죽느냐의 문제다.

카시아스에게서는 불필요한 움직임은 전혀 없었다.

"워리어스라는 건가? 훗."

아토스는 비웃었다. 같은 워리어스지만 다르다. 갈라파고스의 워리어스들은 자신들끼리 수련한다. 죽을 위험이 없다. 언제든 치유의 돌로 치료할 수 있기 때문에.

하지만 진정한 워리어스는 콜로세움에서 탄생하는 것. 치유의 돌도 어떤 자비도 없다. 오직 검 하나에 의지할 뿐이다.

쐐애애애애액!

아토스의 검이 섬광처럼 뻗어갔다. 마치 어둠을 가르는 빛처럼 하나의 선이 그어졌다.

피피피핏!

카시아스의 왼뺨에 가느다란 실선이 생겼다. 그 사이로 핏물이 번지기 시작했다. 피하기는 했지만 살짝 스친 모양이다.

츄아아아악!

카시아스의 볼을 지나친 연검은 방향을 틀며 휘어졌다.

후아아아앙!

카시아스의 도가 그 사이를 비집고 들어갔다. 그와 동시에 아토스의 다리가 허공에서 교차했다.

파파팡!

"커헉!"

이번에는 카시아스가 휘청하며 물러났다. 아토스는 카시아스에게 당했던 그대로 돌려준 것이다.

"승부를 내지!"

츄르르르륵!

아토스의 검이 분열하기 시작했다. 두 개, 네 개, 열 개로 불어났다. 하나일 때도 이리저리 휘어지는 통에 여러 개로 보였는데 분열하자 온통 검이 사방을 뒤덮었다.

피할 틈도 없었다. 마치 파도가 되어 카시아스를 덮쳐오는 듯했다.

"으음. 정면으로 맞서라는 건가? 어쩔 수 없지."

카시아스는 힘 싸움 외에는 달리 방법이 없었다. 아직 마나의 양이 모자라지만 피하기에는 공격 반경이 너무나 광범위했다.

필요하면 운도 만들어라

휘리리리릭!

카시아스는 도와 함께 휘돌며 솟구쳤다.

콰콰콰콰콰!

카시아스를 중심으로 돌풍이 몰아치는 듯했다. 그의 칼바람이 덮쳐오는 파도를 향했다.

까가가가강!

검의 파도와 칼바람이 부딪치며 불꽃을 튀겼다.

카시아스의 바람은 칼날이었고, 아토스의 파도는 검이었다.

쩌저저저정!

검의 파도와 도의 돌풍이 정면으로 맞부딪쳤을 때 엄청난 굉음과 함께 충격파가 사방을 휩쓸고 지나갔다.

"쿨럭!"

카시아스는 피를 한 움큼 쏟아냈다. 역시 마나의 양이 부족했다. 정면으로 하는 힘 싸움에서는 밀릴 수밖에 없었다.

"커헉!"

아토스도 꽤나 큰 충격을 받은 듯했다. 피를 토하지는 않았지만 다리가 후들후들 떨렸다.

털썩.

카시아스의 무릎이 땅에 닿았다. 내부가 진탕되는 통에 서 있을 수가 없었다. 기술에서는 앞섰지만 마나에서 밀렸다. 이제 두 달 남짓 쌓은 마나로는 한계가 있었다.

"그만!"

샤갈 가주가 시합을 중지시켰다.

"갈라파고스 가문의 워리어스가 승리했습니다."

샤갈 가주는 아토스의 승리를 선언했다. 자신의 가문의 워리어스가 패했는데도 샤갈의 표정은 밝았다. 카시아스는 신참이었고 패한다고 해서 수치스러운 일은 아니다. 더욱이 상대가 갈라파고스 가문이 아닌가. 갈라파고스 가문에 승리를 안겨주는 게 테세우스의 마음을 얻는 일이라면 몇 번이고 져줄 수 있는 것이다.

짝짝짝짝!

모두들 둘의 멋진 승부에 박수를 보냈다.

"역시 명불허전입니다. 콜로세움에서 볼 때와는 또 다르군요. 워리어스 간의 시합은 언제 봐도 피가 끓는 것 같습니다."

"그렇다마다요. 이거 손에 땀이 다 납니다."

모두들 둘의 대결에 푹 빠져들었다. 수준 높은 시합이었다. 카시아스는 신참임에도 훌륭한 기술을 선보였다. 비록 패하기는 했지만 누구도 그를 탓하지 않았다.

패했어도 멋진 시합이었다.

"하하하! 재밌게들 보셨다니 나도 기쁘군요, 샤갈 가주! 수고했네. 아주 만족스러운 시합이었네."

테세우스도 둘의 대결에 꽤나 만족해했다. 워낙 워리어스에 대한 관심이 많아서인지 카시아스의 기술 하나하나를 유심히 살피며 때때로 감탄하며 지켜본 것이다.

"만족스러우셨다니 저도 기쁩니다."

샤갈 가주는 오늘의 시합이 성공적이라고 확신했다. 테세우스는 물론 뭔가 꼬투리를 잡지 않을까 우려했던 시장과 그 일행까지도 극찬을 하지 않는가.

"일단 워리어스들을 치료해 주고 우린 들어가서 한잔 더 합시다. 자, 들어가지요."

"좋은 구경 했습니다, 테세우스님."

"이거 오늘 큰 신세를 집니다. 다음에는 제가 대접할 기회를 주시지요."

"저를 빼놓으시면 섭하지요."

"하하하!"

테세우스와 시장 일행은 한껏 들떠서는 2층으로 올라갔다. 워리어스들이 보여준 땀과 열정은 보는 사람들에게까지 흥분을 안겨주었다.

"샤갈, 이거 너무하는군. 함께 행동하자더니 자네 혼자만

이럴 수 있는 건가?"

모두 2층으로 올라가고 샤갈만 남자 막시무스는 서운한 듯 따져 물었다.

"자네가 오해를 한 모양이군. 나도 초대를 받고 당황했네. 갑작스러운 초대였어."

샤갈은 시치미를 떼며 모른 척했다.

"사전에 내게 말해줄 수는 있지 않았나?"

"나도 오늘 초대를 받았네. 초대를 받고 바로 온 것이네."

"딴 꿍꿍이는 아니고?"

샤갈의 변명에 막시무스는 유심히 살폈다. 샤갈이 하는 말이 진실인지 판단하기 위함이다.

"내가 자네인 줄 아나? 그렇지 않아도 돌아가면 자네에게 들를 참이었는데 이제 그럴 필요는 없겠군. 자네도 결국은 왔으니까."

샤갈은 오히려 역정을 냈다.

"나도 우연찮게 기회를 얻은 셈이지. 마침 참사관께서 당도하셨지 뭔가."

막시무스는 샤갈의 말이 진심이라고 받아들였는지 표정을 풀었다. 사실 샤갈이 갈라파고스 가문에 갔다는 사실을 듣고 곧바로 시장을 찾아갔지만 이곳에 올 만한 명분이 없었던 것이다.

 시리우스가 아니었다면 막시무스는 발만 동동 구르고 있었을지도 몰랐다.

 "자세한 이야기는 나중에 하세. 나도 지금은 뭐가 뭔지 정신이 하나도 없으니까."

 "그러지. 아마 할 이야기가 많을 걸세."

WARRIORS

레지스탕스 지부.

일리나 중위는 카시아스와의 대화 내용을 상세하게 보고했다.

"그자가 그런 요구를 했다고?"

"그렇습니다."

미카엘 지부장은 표정이 굳어졌다. 그는 레지스탕스 비잔티움 시의 지부장이자 밀라노 상단의 상단주였다.

"테세우스님께서 왜 그런 주문을 했는지 의아했는데 그런 사연이 있었군."

미카엘은 어제 있었던 시합 진행 방식이 평소 테세우스의 취향이 아니라는 점에 의문을 가졌는데 이제야 이해할 수 있었다. 시리우스나 다른 일행 때문에 자세한 이야기를 나눌 수 없어서 일단은 모른 척했던 것이다.

"다행히 큰 고비는 넘겼습니다."

일리나도 테세우스가 곧바로 조치를 취한 덕분에 마나기 텅 비었다는 사실이 드러나지 않은 점에 안도했다. 자칫 레지스탕스의 염원을 이루지도 못하고 클라니우스 가문의 워리어스들이 몰살당할 뻔하지 않았는가.

"반란이라……. 성공할 것 같으냐?"

미카엘은 얼굴빛이 좋지 않았다. 유일한 희망이 될 수도 있는 카시아스가 죽어버리면 너무도 허망한 일이 아닌가. 워리어스들의 반란에 대해서는 누구라도 부정적일 수밖에 없었다.

"워리어스 모두가 마나의 속박에서 자유롭게 된다면 성공하리라 생각합니다."

"그 말은 카시아스 그자가 마나 속박의 비밀을 확실히 알고 있다는 말이겠지?"

일리나의 보고대로 카시아스는 마나 속박을 풀 수 있는 방법을 알고 있다는 반증이었다. 우연히 마나 속박에서 자유로운 것이라면 다른 사람들에게까지 그러한 방법을 전할 수는 없기 때문이다.

"확인할 수는 없지만 그런 느낌을 받았습니다. 그자는 확신하고 있었습니다."

"으음. 다다음 시합 전이면 석 달 하고 보름인데……."

미카엘은 여전히 고민이 되었다. 마나 역류는 보통 심각한 게 아니다. 다시 마나를 사용할 수 있게 될지도 알 수 없었고 얼마나 심각한 부작용이 생길지도 모른다. 그런 상황에서 몸을 추스르고 반란에 성공한다는 건 기대 가능성이 낮아질 수밖에 없었다.

"지부장님, 좀 더 확인이 필요할 듯합니다. 우리 요원 중에서도 마나 속박에서 자유로운 자들이 있습니다. 하지만 그 이유는 누구도 모릅니다. 이 세상에 소환된 지 몇 개월밖에 안 된 자가 마나 속박의 비밀을 안다는 건 받아들이기 힘든 일입니다."

원로원에서 파견된 라파엘 소령은 카시아스에 대해 무작정 신뢰하는 것에 대해서 반대하고 나섰다. 아직 카시아스가 마나 속박의 비밀을 정말 아는지 누구도 확인하지 못했기 때문이다.

단지 마나 속박에서 자유롭다는 이유만으로 그가 비밀을 알고 있다고 단정 지을 수는 없는 것이다.

"나도 전적으로 신뢰하는 것은 아니네. 하지만 확인할 방법도 없지 않은가?"

"만일 그자가 그곳에서 탈출하기 위해 우리를 이용하는 것뿐이라면 어찌하시겠습니까? 갈라파고스 가문에서의 일도 자칫 위험할 뻔했습니다."

라파엘은 만일의 경우까지도 생각했다. 마침 반란을 획책하고 있는 시기에 일리나가 접근한 것이라면 충분히 레지스탕스의 세력을 이용하려 할 수도 있기 때문이다.

"자네 말도 일리가 있네. 그자를 돕는 과정에서 우리 흔적이 드러날 위험도 있지."

미카엘도 라파엘이 지적한 부분에 대해서는 충분히 공감했다. 카시아스를 돕는 게 문제가 아니라 레지스탕스의 존재가 알려지는 게 두려운 것이다.

"좀 더 신중한 접근이 필요합니다. 근래에 서두르는 경향이 있습니다."

라파엘은 근래에 진행되고 있는 지부의 정책들에 불만을 표했다. 지난번 피의 제전 때의 습격 사건도 마찬가지다. 라파엘은 분명히 반대하지 않았던가.

잦은 움직임은 반드시 흔적을 남기게 마련이다.

"자네의 우려는 충분히 이해하네만 만일 그자의 말이 사실이라면? 반란이 성공해야만 그자에게 비밀을 들을 수 있지 않겠는가?"

미카엘은 모든 위태로움보다 카시아스의 존재를 더 높이 샀다. 물론 그의 말이 사실이라는 전제하에서.

"그렇긴 합니다만 앞으로도 또 무슨 요구를 해올지 알 수가 없습니다. 그리고 우리에게는 너무나 위험한 일입니다. 지금 참사관의 군대가 와 있지 않습니까?"

"으음. 좀 더 조심할 수밖에. 하지만 우리의 수백 년간의 염원이 이루어질지도 모르는 순간이네. 어느 정도의 위험은 감수하더라도 그자를 손에 넣어야 한다고 생각하네."

참사관의 군대가 비잔티움에 왔다는 건 뭔가 수상한 흔적을 발견했다고 볼 수 있다. 제국에서는 전쟁을 치르기 위해서만 참사관을 보낸다. 분명 눈치채지 못한 부분에서 틈이 생겼을지도 모른다.

이런 때에는 모든 활동을 중단하고 잠잠해질 때까지 숨죽이는 게 최선이다.

보통 때라면 그랬을 것이다. 하지만 지금은 카시아스라는 존재가 반드시 필요하다. 설령 비잔티움 지부가 괴멸되는 한이 있더라도 카시아스만큼은 손에 넣어야 했다.

미카엘은 그러한 수준의 위험까지도 감수한 것이다.

"카시아스 그자의 중요성은 저도 인정합니다. 다만 신중하자는 뜻입니다."

라파엘도 카시아스의 가치를 부정하지는 않았다. 카시아

스와 관련된 모든 게 사실이라면 미카엘의 생각대로 어떤 위험이라도 무릅써야 할 만큼 최우선 사항이기 때문이다.

"알겠네. 더욱 보안에 신경 쓰도록 하지. 그리고 사람을 찾아달라고? 두 사람을 첩보대에 수배한 걸로 아는데?"

미카엘도 라파엘의 의견을 받아들여 매사에 더욱 주의하기로 뜻을 모았다. 반란까지는 석 달여가 남아 있었고, 그 안에 해야 할 일이 생겼다. 카시아스와의 일종의 거래를 위해서.

"두 명의 여인입니다. 한 명은 이전 세상에서 인연이 있던 여인으로 오로도스 가문의 세르게이의 딸입니다."

"세르게이라면 오로도스 가문의 최강 워리어스로 알고 있는데 맞느냐?"

"맞습니다."

"묘한 인연이군. 개미굴에서 빼왔다면 밀거래되었을 것이다. 노예상인을 거쳤거나 곧바로 귀족에게 보내졌겠지. 그쪽으로 알아보면 될 것이다."

"예, 그렇게 조치하겠습니다."

미카엘은 흥미롭다는 표정을 지었다. 세르게이라면 미카엘도 잘 알지 않는가. 비잔티움에서 세르게이를 모르는 사람은 없다. 그만큼 최강의 워리어스로 명성이 자자했기 때문이다.

대부분의 소환수는 같은 나라에서 오는 경우는 드물다. 설령 그렇다 해도 아는 사람일 가능성은 더욱 희박하다. 카시아스와 세르게이는 백 년에 한 번 나올까 말까 한 특이한 경우였다.

미카엘은 밀라노 상단의 상단주인 만큼 물건이 어떤 식으로 거래되는지에 대해서는 누구보다 훤하게 알고 있었다. 이곳에서 노예는 물건이다.

그것도 빼돌려진 물건이라면 그 유통 경로는 뻔하다. 카시아스의 첫 번째 요구는 쉽게 들어줄 수 있을 것이다.

"또 다른 여인은?"

"개미굴 붙박이노인과 함께 온 여인이라고 합니다."

"붙박이노인? 카시아스 그자는 참 오지랖도 넓군. 아니지. 의리가 있다고 하는 게 맞겠군. 품성은 괜찮은 사내 같아."

미카엘은 직접 보지는 않았지만 카시아스에게 꽤나 호감이 갔다. 목숨이 왔다 갔다 하는 순간에도 잠시나마 함께했던 사람들을 챙겨주는 그러한 품성은 아무나 가질 수 있는 게 아니다.

대부분은 자신이 편하고 여유로울 때 한 번쯤 누구를 도와볼까 생각한다. 언제 죽을지 모르는 위험을 무릅써 가며 누군가를 도우려 하지는 않는다.

하지만 카시아스는 다른 것 같았다. 적어도 스스로 한 약속은 반드시 지키려는 사내. 미카엘은 그런 느낌을 받았다.

"저도 그렇게 느꼈습니다. 그런 점 때문에 저도 그자의 말을 신뢰한 것입니다. 자신의 이익 때문에 거짓말을 할 인물은 아니라고 판단했습니다."

일리나도 카시아스에 대해서는 꽤나 긍정적으로 보았다. 아무것도 증명하지 않았지만 카시아스의 말을 사실이라 전제로 한 것도 바로 그 때문이다.

"그래, 그 여인도 개미굴에서 따로 보내졌다고 했느냐?"

미카엘은 대수롭지 않게 물었다. 세르게이의 딸처럼 여인의 유통 경로야 찾으려면 얼마든지 찾을 수 있기 때문이다. 두 번째 요구 역시 수월하게 해결될 수 있을 것이다.

"그 여인의 정체가 놀랍습니다."

"여인의 정체라……. 나도 궁금하구나."

"마법사라고 합니다."

"뭐, 뭐라? 마법사?"

미카엘의 두 눈이 부릅떠졌다. 목소리마저 떨렸다. 일리나에게서 생각지도 못한 말이 나온 것이다.

그저 신세진 노인의 부탁이나 들어주는 것으로 생각했는데 이렇게 되면 사정이 달라진다.

"예. 붙박이노인이 온 세상에서는 마법이 성행하는 모양입니다. 그곳의 마법사라고 합니다. 수준이 상당하다고 들었습니다."

"그런……. 또다시 이 땅에 재앙을 불러올 순 없다. 이 판국에 마법사라니. 절대로 용납할 수 없는 일이다."

미카엘은 얼굴이 붉게 달아올랐다. 발렌티아 대륙에서 마법은 금기시되는 말이라고 해도 무방하다. 적어도 레지스탕스에게는 그랬다. 마법 때문에 그 많던 나라가 모두 멸망하지 않았는가.

대제국 탈로스는 과거 잊혔던 마도제국의 유물을 통해 지금의 나라를 이룬 것이다.

레지스탕스에게 마법은 그야말로 재앙이나 다름없었다.

"아티나로 소환되었으니 마나는 텅 비었을 것입니다. 그리고 제국에서도 그녀가 마법사인지는 모릅니다."

"모든 일에 최우선으로 그 마법사를 수배하거라! 특급이다! 본단은 물론 전 지부에 알려 그 여인의 행방을 찾아라! 그 여인이 제국의 손에 넘어가서는 안 된다!'

미카엘은 아르샤 공주의 존재가 장차 발렌티아 대륙에 미칠 영향이 어떠할지 생각조차 하기 싫었다. 그녀의 마법적인 지식이 이 땅에서 실현된다면 지금의 마도구뿐만 아니라 또 다른 마도구들이 생겨날 것이다. 어쩌면 과거 마도제국이 부활될지도 모른다.

"명하신 대로 조치하겠습니다."

일리나도 사태의 심각성을 알기에 즉각 대답했다.

"마법사라……. 절대 안 돼!"

미카엘은 고개를 절레절레 흔들었다. 탈로스 제국에 그녀가 힘을 실어주는 순간 레지스탕스의 수백 년간의 노력은 수포로 돌아갈 수도 있었다.

"지부장님, 아무래도 붉은매를 소집해야겠습니다."

라파엘 소령은 사태가 심각하다고 판단했는지 비상 절차에 따라 가장 강력한 조치를 제안했다.

붉은매는 레지스탕스의 최정예 전투 조직으로 제국과의 전쟁을 대비해 만든 일종의 군대였다.

붉은매는 레지스탕스의 전투 조직이면서 동시에 또 하나의 독립된 세력이나 다름없었다.

붉은매 자체적으로 운용되는 첩보대가 있었고, 그들은 정보 수집 외에도 요인 암살이나 중요 시설 파괴까지 다양한 활동을 했다.

"붉은매를? 지금 참사관의 군대가 비잔티움에 와 있다는 걸 잊었는가? 전쟁이라도 벌이겠다는 건가?"

라파엘 소령의 제안에 미카엘이 언성을 높였다. 붉은매는 게릴라전이 아닌 전면전을 상정한 부대가 아닌가. 가뜩이나 어수선한 시기에 그야말로 비잔티움 지부가 그대로 드러날 위험성도 있었다.

"그렇기에 더더욱 붉은매를 소집해야 합니다. 워리어스의 반란에 마법사의 등장까지, 변수가 너무나 많아졌습니다."

라파엘 소령은 이미 은밀히 처리하기에는 위험 요소가 너무 많다고 판단했다. 지부 자체적으로 해결할 수준을 넘어섰다고 본 것이다. 두 가지 모두 지부에서는 전혀 예상하지 못한 변수이기 때문이다.

"자네는 참사관의 군대와의 일전까지도 감수하자는 말인가?"

"그렇습니다. 참사관의 군대가 온 것도 수상쩍지만 카시아스라는 자가 왠지 마음에 걸립니다. 그자의 등장 이후 우리의 예측을 벗어나는 일들이 속출하고 있습니다. 대비를 해야 합니다."

라파엘 소령은 딱 집어 말할 수는 없지만 굉장한 위기감을 느끼고 있었다. 카시아스의 존재에 대해서 알 수 없는 위화감을 가지고 있는 듯했다.

"카시아스라는 자가 함정이라는 뜻인가?"

"그건 모르겠습니다. 다만 다른 워리어스들과는 분명 다르지 않습니까? 함정이 아니라 해도 그자는 필시 중요한 단서가 될 것입니다. 모든 변수의 중심에 서 있는 자입니다."

라파엘 소령은 카시아스의 존재에 대해서 어떠한 결론도 내리지 않았다. 그가 친구가 될지 적이 될지는 알 수 없다. 하지만 대비는 해두어야 한다.

"으음. 자네 말도 일리가 있군."

미카엘도 고개를 끄덕였다. 근래에 너무나 많은 일이 벌어지고 있었다. 쉽게 생각할 문제가 아니다.

"우선 반란이 성공할 수 있도록 최대한 돕겠습니다. 그 이후에 추궁을 하든 아니면 함께 손을 잡든 하면 될 것입니다. 지금은 그자에게 너무 휘둘리고 있습니다. 주도권을 가져와야 합니다."

"일단 반란이 성공한 후에는 그렇게 될 것이네."

"반드시 그렇게 되어야 합니다. 자칫 수백 년간 이어져 온 우리 조직이 위태로울 수도 있습니다."

라파엘 소령은 과연 카시아스의 존재가 기회로 작용할지 아니면 파멸의 전조가 될지 걱정스러웠다. 지금만 해도 카시아스의 뜻에 레지스탕스 지부가 좌우되는 형국이 아닌가.

"알겠네. 그러자면 일단 그자의 요구부터 들어줘야겠지. 우리엘 소령!"

"예, 지부장님!"

전투조장 우리엘 소령이 시립했다.

"로비우스의 집안에 억류되어 있는 갓난아이가 있을 것이다. 데려오도록. 어떤 희생을 치르더라도. 그리고 매음굴에 잡혀 있는 줄리아라는 여인도 함께."

"명을 이행하겠습니다."

미카엘은 일단 카시아스의 요구 사항은 모두 들어주기로 했다. 그렇게 해서 훗날 대면했을 때 주도권을 쥘 셈이다. 카시아스는 그에 걸맞은 대가를 지불해야 할 것이다.

*   *   *

자정이 다 된 시각.

로비우스의 저택 주변에는 검은 복면의 사내들이 몸을 숨기고 있었다. 그들은 레지스탕스의 전투조와 첩보대였다.

"우리엘 소령님, 저택 도면입니다. 아이는 이 부근에 있을 것으로 예상됩니다."

일리나 중위는 침투 경로와 아이가 있을 것으로 추정되는 방들을 가리켰다.

"아이의 상태는 아직도 확인이 안 되나?"

우리엘 소령은 대상이 확인되지 않은 게 마음에 걸렸다. 자칫 헛걸음만 하고 정체가 드러나 버릴 수도 있기 때문이다.

"집안일하는 노예들과 접촉해 봤지만 아는 사람이 없습니다."

"태어난 지 몇 달 되지 않은 아이라면 손이 많이 갈 텐데 집안일하는 노예 중에 아무도 모른다는 건 이상하군. 하다못해 아이 울음소리라도 들었을 텐데."

일리나의 대답에 우리엘 소령은 고민에 빠졌다. 상식적으로 말이 안 되는 것이다. 집 안에 아이가 있다는 걸 아무도 모른다는 건 있을 수 없는 일이다.

"저도 그 점이 이상합니다. 어쩌면 아이는 다른 곳에 있는지도 모르겠습니다."

"갓난아이를 굳이 다른 장소로 옮길 필요가 있을까?"

"다시 알아보겠습니다."

일리나는 다른 가능성도 생각해 봤지만 현실적으로는 가능성이 희박했다. 누군가 아이를 노리는 것도 아닌 상황에서 굳이 옮길 이유가 없는 것이다.

"아니. 로비우스가 집을 비웠으니 지금이 가장 경비가 취약할 때다. 가능한 한 우리가 왔다 갔다는 흔적조차 남기지 않는 게 좋다."

우리엘 소령은 아이에 대한 정보는 파악하지 못했지만 일단 시도는 해보기로 했다. 로비우스가 없는 지금이 적기다.

로비우스가 집 안에 있을 때는 그의 호위기사들이 삼엄한 경비를 서기 때문이다.

샤막과의 사건 이후 로비우스는 자신이 집에 있을 때는 시장보다 더 엄중한 경계 속에서 지내고 있었다.

"아마 새벽이나 되어야 돌아올 것입니다. 오늘도 시장과 은밀한 파티가 있는 모양입니다."

"경비도 그리 삼엄하지는 않을 테니 은밀히 움직인다. 전투조는 언제든 지원할 태세를 갖추고 나와 첩보대가 침투한다. 가자!"

스스스슷.

검은 복면인들이 소리없이 담을 넘었다. 그들은 미끄러지듯 부드럽게 이동했다.

그림자 사이사이로 스며들며 저택으로 다가갔다.

"로비우스가 없어서인지 이쪽은 경비도 없군. 2층으로 바로 올라간다."

"예."

샤샤샤샤샷.

검은 그림자들이 벽을 타고 2층으로 스며들었다.

딸깍.

조용히 문을 열었다.

그들은 소리없이 2층 거실로 들어갔다.

"아이가 있을 것으로 추정되는 부근부터 뒤진다. 움직여라."

첩보대는 각각 방향을 나눠 방을 뒤지기 시작했다.

"이쪽은 없습니다."

"저쪽도 없습니다."

다시 돌아온 첩보대의 보고는 원하는 답이 아니었다. 손쉽게 끝마칠 수 있을 것이라 생각했던 일이 꼬이기 시작했다.

"이상하군. 나머지 방도 뒤져라."

"예."

첩보대는 모든 방을 뒤지기로 했다.

"일리나 중위, 노예들이 있는 곳으로 간다. 직접 물어봐야겠다."

"안내하겠습니다."

우리엘 소령과 일리나 중위는 자세히 알아보기 위해 노예들의 방으로 향했다.

딸깍.

조용히 문이 열렸다. 방 안에는 두 명의 여자 노예가 자고 있었다. 그들은 집안일을 하는 노예들이었다.

터어억.

"흐읍."

우리엘은 한 명의 입을 틀어막았다. 여인은 잔뜩 겁먹은 눈빛으로 허우적거렸다.

"쉬잇. 소리 지르면 죽인다. 알아들었으면 고개를 끄덕여라."

끄덕끄덕.

여인은 바들바들 떨며 고개를 끄덕였다.

"갓난아이가 있을 텐데?"

"갓난아이라니요? 저는 이곳에 온 지 얼마 안 돼서 몰라요."

여인은 고개를 휘저으며 대답했다.

"갓난아이의 울음소리도 들어본 일이 없나?"

"제가 온 후로는 한 번도 들어본 일이 없어요."

"으음. 이상하군."

우리엘 소령은 신음성을 흘렸다. 어떻게 한 집에 있으면서 아이의 행방을 모른단 말인가. 아니, 아이가 있다는 것조차도 모르고 있다는 걸 이해할 수가 없었다.

"저기……."

이때 옆에서 자고 있던 또 한 명의 여인이 조심스레 불렀다.

스으으으윽.

우리엘은 재빨리 그녀의 목에 단검을 가져갔다.

"자, 잠시만요."

"소리 내면 죽인다."

"예, 예. 조용히 할게요. 제발."

여인은 겁먹은 얼굴로 애원했다.

"우리에게 할 말이 있나?"

우리엘 소령은 단검을 서서히 떼고 물었다.

"아이 때문에 오셨나요?"

"아이가 어디 있는지 아나?"

드디어 우리엘 소령이 원하는 답이 나왔다. 아이의 존재를 아는 사람을 만난 것이다.

"아이는… 죽었어요."

여인은 풀죽은 목소리로 말했다.

"죽다니? 그럴 리가 없는데……."

우리엘 소령은 순간 머리가 띵해졌다. 쥴리아를 괴롭히기 위한 담보가 아닌가. 상태는 안 좋을지 몰라도 아이는 살아 있다고 생각했다. 아이가 죽었다고는 전혀 생각지도 못한 것이다.

"쥴리아라는 여인의 아이를 말하는 게 아닌가요?"

"그렇다. 그 아이가 죽다니 무슨 말이지?"

"상주님께서 갓난아이를 방에 두라고 하셨는데 아무도 접근하지 못하도록 했어요. 제가 남몰래 우유라도 주곤 했는데, 며칠간 상가의 일 때문에 그곳에 있게 되었어요. 그런데……."

여인은 아이와 있었던 일을 이야기하다가는 결국 뒷말을 잇지 못했다. 그녀의 목소리는 심하게 떨렸다.

"어떻게 됐지?"

"와보니 아이가…… 흑흑."

여인은 결국 흐느끼며 울었다. 며칠간 밖에서 일하지만 않았어도 아이가 죽지는 않았을 것이다. 걷기는커녕 말조차 하지 못하는 아이가 얼마나 고통스러웠을까.

여인은 자신의 책임인 양 괴로워했다.

"으음. 아무도 아이를 돌보지 않았단 말이냐?"

우리엘 소령은 기가 막혔다.

"네. 총관님만이 출입이 가능하셨는데… 그 외에는 누구도 접근하지 못하도록 엄명을 내리셔서……."

"굶어 죽었다는 건가?"

우리엘 소령은 설마하는 마음으로 물었다. 아무리 인간이 악하다고 해도 그 정도까지는 아니기를 바랐다. 아이를 위해서도 그래야만 했다.

"네. 제가 집을 비운 며칠 동안 아무것도 못 먹은 것 같았어요. 와보니 비쩍 말라서는… 숨을……. 흐흐흑."

통제할 수 없는 변수 203

"짐승 같은 놈들!"

우리엘 수령의 입에서 절로 욕지거리가 튀어나왔다. 이건 사람이 할 짓이 아니다. 어떻게 갓난아이를 굶겨 죽인단 말인가. 아이를 담보로 어미를 매음굴에 처넣어 괴롭히는 것도 악마 같은 짓인데 아이에게 한 짓은 악마조차도 혀를 내두를 일이 아닌가.

"어떻게 하지요?"

일리나는 대상이 사라지자 막막했다. 아이가 죽은 줄도 모르고 고통을 참아가며 버티고 있을 줄리아를 생각하면 마음 깊은 곳에서 분노가 치밀었다.

"철수한다."

우리엘 소령은 불가능한 임무였기에 조용히 돌아가기로 했다.

"이대로 돌아가자고요? 로비우스가 없으니 총관의 목이라도 잘라야겠어요."

일리나는 도저히 그냥 갈 수 없었다. 이 짐승 같은 자들에게 뭔가 하늘을 대신해 벌을 내리고 싶었다. 어떻게 말도 못하는 아이를 방치해 굶겨 죽인단 말인가.

"조직을 위태롭게 만들 셈이냐?"

우리엘 소령의 표정이 사나워졌다. 우리엘 소령이라고 그 마음이 다를까. 지금은 감정적으로 움직일 때가 아니다.

"하지만 그 짐승 같은 자를 그냥 두고 어떻게……."

"나중에 기회가 있을 것이다. 그리고… 복수를 해야 할 사람은 따로 있지 않나?"

"후움. 알겠습니다."

일리나도 더 이상 고집을 피우지 않았다. 우리엘 소령의 말대로 이들을 심판할 사람은 따로 있지 않은가. 그에게 기회를 주는 게 공평한 일일 것이다.

"너희는……."

"입도 벙긋 안 할게요. 그렇지?"

끄덕끄덕.

여인들은 연신 고개를 끄덕였다.

"만일 한마디라도 하는 날엔 다시 올 것이다. 그리고 확실히 너희의 숨통을 끊어놓을 것이다. 알겠나?"

"물론이에요."

"가자."

"잠시만요."

떠나려 하자 아이에 대해 말해줬던 여인이 다급하게 불렀다.

"뭐지?"

"저희도 데려가 주시면 안 되겠어요? 부탁이에요."

여인은 애원했다. 비록 노예로 시키는 일만 하며 살지만 로비우스가 어떤 자인가. 도망치고 싶었다. 아무리 힘들어도 여기처럼 지옥 같을까. 여인은 간절히 부탁했다.

"지금은… 안 된다. 다음엔… 데려가지."

우리엘 소령은 잠시 망설였지만 감정 때문에 조직을 위태롭게 만들 수는 없었다. 오늘의 방문은 누구도 몰라야 한다. 여인을 데려간다면 로비우스는 여인을 찾으려 할 것이고, 자칫 레지스탕스의 흔적이 드러날 위험성도 있었다.

"기다릴게요."

여인도 우리엘 소령의 사정을 이해하는지 순순히 받아들였다. 지금이 아니라도 언젠가 데려가 준다면 그때까지 참을 수 있었다.

"약속하지."

"고마워요. 고마워요."

여인은 연신 머리를 조아렸다. 그녀에게 우리엘 소령은 이 고통에서 구원해 줄 구세주나 다름없었다.

<u>스스스스슷.</u>

들어왔을 때처럼 그렇게 소리없이 이들은 로비우스의 저택에서 벗어났다. 저택을 지키던 경비들은 이들이 왔는지조차 알지 못했다. 여인들은 아무 일 없던 것처럼 자리에 누워 잠을 청했다.

"만일 샤막이 성공하지 못한다면… 내가 다시 올 것이다."
"저도 오겠어요."
우리엘 소령과 일리나는 이를 악물고는 로비우스의 저택에서 멀어져 갔다.

WARRIORS

똑똑.
"가주님, 부르셨습니까?"
"들어와."
마스터 벨포스는 이른 아침 샤갈의 부름을 받았다.
"앉지."
"예."
벨포스는 무슨 일인가 싶어 긴장했다.
"어떤 훈련을 하고 있지?"
"어제까지는 가주님께서 지시하신 대로 보여주기 위한 시합에 집중했습니다. 오늘부터는 다음 달 콜로세움에 나갈 것을 대비해 체력 훈련과 기본 검술 훈련, 그리고 대련을 통한 임기응변 향상에 주력할 생각입니다."

벨포스는 훈련 일정에 대해 보고했다. 다음 달 있을 시합은 클라니우스 가문에서는 항상 참가했던 시합으로 경쟁 가문인 오로도스 가문은 물론 제법 이름 있는 양성소에서도 참가하기 때문이다.

"당분간은 어제와 같은 훈련을 계속하도록."

"하지만 다음 달에 있을 시합에 대비하려면 지금부터 만들어 나가야 합니다."

벨포스는 샤갈의 지시에 의아했다. 평소라면 더욱 엄하게 훈련하도록 당부했을 텐데 이번의 지시는 뭔가 어울리지가 않았다. 아무리 뛰어난 워리어스라고 해도 생사가 한순간에 갈리는 시합을 앞두고 마음이 풀어진다면 절대 좋은 결과를 낼 수 없기 때문이다.

"다음 시합에는 출전하지 않는다."

샤갈은 대수롭지 않게 말했다. 하지만 그 내용은 샤갈의 입에서는 결코 나올 수 있는 것이 아니다.

"그게 무슨……. 지금껏 두 달에 한 번은 꼭 참가하지 않았습니까? 다음 달 있을 시합은 오로도스 가문을 비롯해 꽤나 쟁쟁한 가문들이 출전하는 시합이 아닙니까?"

벨포스는 자신이 잘못 들은 줄 알았다. 콜로세움에 서는 것만큼은 어떤 양보도 없던 샤갈이 아닌가. 오로도스 가문과의 경쟁을 생각해서라도 무리를 하면서까지 나가려 했던 게 샤갈이다.

그런데 아무렇지 않게 시합을 포기하다니 지금껏 알고 있던 샤갈과는 완전히 다른 모습인 것이다.

"후후. 시합에 나가서 얻는 게 뭐라고 생각하나?"

샤갈은 벨포스의 반응을 예상했다는 듯이 웃으며 물었다.

"그야 우승함으로써 클라니우스 가문의 명예를 드높이는 게 아니겠습니까?"

벨포스는 평소대로 답했다. 이는 샤갈이 언제나 시합을 앞두고 강조하던 말이다.

"명예라……. 명예보다 더 좋은 게 있지. 뭔지 아나?"

"모르겠습니다."

"권력!"

샤갈은 한 단어로 말했다. 명예니 뭐니 떠들어도 결국은 권력인 것이다. 클라니우스 가문이 명성을 얻는 것이 곧 권력이다. 워리어스들은 시민의 마음을 사로잡고, 그런 시민은 시장을 선출한다.

시민의 선택을 받기 위해 시장은 시민의 마음을 움직여 줄 워리어스를 원하고, 결국 워리어스 양성 가문 중에서도 가장 뛰어난 클라니우스 가문을 존중할 수밖에 없다.

 결국 그런 구조 속에서 얻어지는 권력 때문에 샤갈은 반드시 승리하기 위해 노력해 온 것이다.

"그게 무슨 말씀이신지……."

벨포스는 샤갈의 말을 이해할 수 없었다. 권력을 좇는 것이야 알지만 그게 시합 포기와 무슨 관계란 말인가.

"지난번 오로도스 가문에서 한 짓거리를 기억하겠지?"

"물론입니다."

"오로도스 가문 따위가 나를 어찌할 수는 없다. 하지만 시장이라면 다르지."

샤갈의 표정이 사나워졌다. 샤갈은 아직도 그날의 일을 잊지 않았다. 복수의 칼날을 갈고 있는 것이다. 하지만 제아무리 명성을 얻어도 워리어스 양성 가문이 시장을 어찌할 수는 없다.

시장이 클라니우스 가문을 신경 쓰기는 하지만 두려워하지는 않는다. 반면에 클라니우스 가문은 시장을 두려워해야 한다. 시장은 콜로세움의 출전권을 가지고 있기 때문이다.

"그럼 시장님과 관련 있다는 말씀입니까?"

벨포스는 아는 이야기였지만 모르는 체 물었다.

"자세히는 알 것 없다. 중요한 건 이제는 시장조차도 내게 함부로 할 수 없다는 것이지."

샤갈은 뭔가 잔뜩 힘이 들어가 있었다.

"갈라파고스 가문 때문입니까?"

"후후. 눈치가 빠르군."

샤갈은 거만한 표정으로 웃었다. 어제의 만남으로 갈라파고스 가문과 꽤 친분을 쌓았다고 생각하는 모양이다.

"그럼 어제와 같은 시합을 준비시키면 되겠습니까?"

"바로 그것이다. 검술 훈련에 좀 더 집중하도록. 테세우스님께서는 워리어스에 대해서 해박한 분이시다. 그저 겉으로 화려한 것보다는 검술 하나하나를 세밀하게 관찰하시지."

샤갈은 어제의 시합으로 테세우스의 성향을 대충 파악했다. 마나를 사용하지 못하도록 한 이유를 곧이곧대로 받아들인 것이다. 테세우스의 마음을 얻은 이상 콜로세움에 서는 것에 집착할 이유가 없었다.

콜로세움에 서서 얻는 것보다는 테세우스의 마음을 얻어 가질 수 있는 게 더 많기 때문이다.

"검술에 신경 쓰도록 하겠습니다."

벨포스는 샤갈의 지시에 반박하지 않았다. 어차피 그가 원하는 대로 하는 게 임무가 아닌가.

"테세우스님의 마음만 사로잡을 수 있다면 콜로세움에서 얻는 것과는 비교도 되지 않는 걸 갖게 될 것이다. 그러니 테세우스님의 취향이 어떤지, 어떤 방식의 대결을 좋아하시는

지 연구해서 집중적으로 훈련시키도록. 종종 갈라파고스 가문에 방문하게 될 테니까."

"지시하신 대로 이행하겠습니다."

샤갈은 갈라파고스 가문과의 인연에 올인할 모양이다. 비잔티움 최고의 귀족 가문. 부와 명예, 그리고 권력까지 두루 갖춘 갈라파고스 가문의 후원만 받을 수 있다면 클라니우스 가문은 더욱 큰 명성을 떨치게 되리라 믿었다.

"그리고 카시아스에게 좀 더 신경 써라."

"어떤 부분을 말씀입니까?"

"테세우스님께서 신참들에게 관심이 많으신 모양이야. 특히 카시아스에게. 그의 도법이 좀 특이하긴 하지."

샤갈은 테세우스의 당부를 떠올렸다. 마지막에 카시아스와 갈라파고스 가문의 워리어스가 대결한 이유도 테세우스가 지목했기 때문이다. 테세우스가 자신의 워리어스에 관심을 갖는 것은 샤갈로서는 환영할 일이다.

"무슨 말씀이신지 알겠습니다. 카시아스는 특별히 훈련시키도록 하겠습니다."

"카시아스는 갈라파고스 가문의 워리어스들과 대결할 기회가 많을 테니 부끄럽지 않은 수준을 만들도록."

"예, 가주님."

샤갈의 얼굴에서는 웃음이 가시질 않았다.

"어제는 잘해주었으니 오늘은 특별 자유 시간을 허락한다. 훈련이 끝나면 별관에서 지낼 수 있도록 허락한다."

"감사드립니다, 가주님."

"그럼 나가봐!"

"예, 물러가겠습니다."

갈라파고스 가문 덕분에 클라니우스 가문의 워리어스들은 당분간 목숨을 잃을 일은 없어졌다.

"가주님, 정말 옳은 선택을 하셨습니다."

벨포스가 나가자 버나드 총관은 만족스러운 얼굴로 엄지손가락을 치켜세웠다.

"이게 다 자네 덕 아닌가? 자네가 아니었다면 막시무스 그놈의 농간에 놀아날 뻔했으니."

샤갈은 버나드의 충고에 따른 것이 얼마나 잘한 일인지 새삼 느끼는 중이다. 괜히 갈라파고스 가문과 맞서려 했다면 땅을 치고 후회했을 것이다.

"테세우스님께서 가주님을 꽤나 잘 보신 모양입니다. 그날 오신 친구 분들 역시 쟁쟁한 분들이 아닙니까?"

"하하하, 이거 우리 가문도 드디어 날개를 달게 되는군."

샤갈도 밀라노 상단주의 얼굴은 먼발치에서 본 적이 있지만 대화는 나눈 일이 없었다. 시의원 타우렌은 시의원 중 가장 영향력 있는 인물로 시장 아르메니우스도 눈치를 볼 만큼 끗발 있는 인물이다.

차기 시장으로 거론되며 아르메니우스와는 경쟁자라고 해도 될 만큼 그의 위치는 확고했다.

그런 인물들과 안면을 튼 것도 모자라 꽤나 가깝게 지내게 되었으니 그것만으로도 샤갈은 큰 선물을 받은 셈이다.

게다가 참사관과의 첫 대면도 나쁘지 않았다. 그 모든 게 테세우스 덕분이 아닌가.

"그런데 테세우스님께서 그런 제안을 하실 줄은 몰랐습니다. 우리 가문에서 다음 시합을 불참해 달라니 말입니다."

"한 번쯤은 콜로세움에서 우승하고 싶으신 것 아니겠나? 지난번 피의 제전 때에도 우리 워리어스들에게 꽤 당하지 않았나? 아무래도 우리 가문이 출전한다면 어렵다고 판단하신 것이지."

샤갈은 테세우스의 제안에 대해 조금의 의심도 하지 않았다. 다음 달 있을 시합을 포기하는 이유도 테세우스의 부탁 때문이 아닌가. 샤갈은 자신의 원칙을 깨면서까지 테세우스의 마음을 얻으려고 노력하는 중이다.

"과연 다른 귀족들과는 다른 것 같습니다. 워리어스 양성에 꽤나 집념이 강하신 듯합니다."

의심이 많은 버나드 총관 역시 테세우스와 관련해서는 극

찬하기에 바빴다.

"다행스러운 일 아닌가? 그렇지 않았다면 그분과 내가 어떻게 연을 맺겠나?"

"그렇습니다. 참으로 다행스러운 일입니다."

테세우스가 워리어스에 관심이 많다는 것이 샤갈에게는 천운으로 다가왔다.

"뭐, 세르게이가 없는 지금 오로도스 가문 정도야 충분히 이기실 테고, 다른 가문의 워리어스들이 어떤지 한번 조사해 봐야겠어."

"좋은 생각이십니다. 다른 가문의 워리어스들에 대한 정보를 파악해 테세우스님께 전해주신다면 기뻐할 것입니다."

샤갈은 테세우스를 위해서라면 어떤 수고도 마다하지 않을 생각이다. 이제는 알아서 움직인다. 이번 시합엔 오로도스 가문이 아닌 갈라파고스 가문을 우승하게 만드는 것이 샤갈의 과제였다.

"그만큼 우승할 가능성이 높아지니까."

"그렇습니다. 가주님께서 해주실 수 있는 부분은 과감히 하셔야 합니다. 절대로 이해관계를 따져서는 안 됩니다."

버나드는 혹시라도 테세우스와의 관계가 틀어지는 일이 없도록 단단히 당부했다. 작은 것에 연연하다가는 큰 낭패를 볼 수도 있기 때문이다.

"당연한 소리. 그런 분과 연을 맺었다는 것만으로도 이미 큰 걸 얻은 셈이 아니겠나?"

샤갈 역시 버나드 총관의 생각에서 조금도 벗어나지 않았다.

"워리어스 훈련을 도와준다는 명목으로 종종 찾아 뵈십시오. 자주 봐야 친분도 쌓이지 않겠습니까?"

"그럴 생각이네. 필요하다면 벨포스를 잠시 빌려줄 수도 있고."

샤갈의 머릿속에서는 이제 콜로세움에서 승리해 명성을 얻겠다는 생각은 저 멀리 날아갔다. 오직 테세우스에게 잘 보이기 위한 궁리뿐이었다. 그의 마음을 사기 위해서라면 무엇이라도 할 각오가 되어 있었다.

"테세우스님께서 신경 써주신다면 앞으로 콜로세움의 모든 경기는 가주님의 손안에 들어올 것입니다. 시장이나 귀족원장도 가주님의 눈치를 살펴야 할 것입니다."

"콜로세움을 지배하는 자가 시민을 지배하지. 시장은 내 눈치를 볼 수밖에 없을 것이다."

샤갈은 가까운 미래를 상상했다. 시민들이 클라니우스 가문을 연호하며 숭배하는 그 모습. 시장은 자신의 눈치를 살피며 비위를 맞추고 귀족원장은 테세우스와 줄을 대기 위해 자신에게 굽실거린다.

시장의 고유 권한인 콜로세움 출전권을 넘겨받아 모든 워리어스 양성 가문을 통솔하는 게 샤갈의 목표였다.

"당연히 그러서야 합니다."

"그때가 되면 막시무스 이놈도 큰 대가를 치르게 될 것이야."

샤갈의 핑크빛 미래에 막시무스는 비집고 들어갈 틈이 없었다. 그의 계획 속에 오로도스 가문은 이미 존재하지 않았다.

* * *

"모두 주목!"

마스터 벨포스는 워리어스들을 불러 모았다.

"다음 달에 있을 시합에 우리는 참가하지 않는다."

웅성웅성.

갑작스러운 통보에 워리어스들은 소란스러워했다. 티를 내지는 못했지만 모두 다음 시합 때문에 얼마나 불안해했던가. 그런데 거짓말처럼 운이 따른 것이다.

"하지만 단련은 게을리 해서는 안 된다. 방심하는 순간 목숨을 잃는다는 건 굳이 말하지 않아도 알겠지?"

"예, 마스터!"

워리어스들은 우렁찬 목소리로 대답했다. 죽을 목숨이 살게 되었으니 어찌 힘이 나지 않겠는가. 영문을 모르는 사람은 이곳에서 오직 벨포스뿐이다.

"지금부터 조를 나누겠다. 기본 검술로만 상대한다. 최대한 기교를 배제하고 실전처럼 겨룬다."

벨포스는 샤갈의 지시대로 갈라파고스 가문에서 시연하게 될 시합을 대비해 훈련하기로 했다.

"이건 무슨 훈련입니까?"

"앞으로 어제와 같은 시합이 종종 있게 될 것이다. 그러자면 보여주기 위한 시합도 필요하겠지. 콜로세움에 서지 않는다고 게으름 피우는 놈은 엄히 다스리겠다."

"열심히 하겠습니다."

테일러의 물음에 답하면서도 벨포스는 꽤나 위압적인 분위기를 유지했다. 콜로세움에 서게 될 때에는 굳이 분위기를 잡지 않아도 스스로 최선을 다했지만 이제는 시합에 나가지 않는다는 걸 알기에 마음이 풀어질 수도 있었기 때문이다.

"저 마스터, 한 가지 여쭤도 되겠습니까?"

"말해라!"

"콜로세움에 서지 않는다면 특별 자유 시간도 없습니까?"

이번에는 야콥이 물었다. 천운이 따라 목숨을 건지게 되어서인지 짝이 생각난 모양이다.

웅성웅성.

갑작스레 소란스러워졌다. 서로 같은 마음이다. 다음 시합에 대한 불안감이 사라지자 유일하게 의지할 수 있는 짝과 함께하고 싶은 건 본능이나 다름없었다.

"가주님께서 오늘 특별 자유 시간을 허락하셨다. 훈련이 끝난 후에는 별관으로 가서 짝들과 함께하도록."

"와아아아아!"

벨포스의 대답은 워리어스들의 기운을 단번에 끌어올렸다. 우렁찬 함성이 울려 퍼졌다.

"자, 그럼 훈련해야지? 네 개 조로 나눈다! 테일러! 헤수스! 야콥! 막시! 너희가 조장이다."

"예, 마스터!"

그 어느 때보다 워리어스들은 열심히 훈련에 임했다. 일과가 끝나면 그렇게나 보고 싶던 짝과 하룻밤을 보낼 수 있다. 모두는 어서 빨리 저녁이 되기를 바랐다.

시간을 보내는 데는 훈련만 한 것이 없다. 정신없이 땀을 흘리다 보면 하루가 가는 것이다.

* * *

시청 참사관실.

참사관 시리우스는 시 경비대장 그란투스와 질풍기사단장 카르시우스를 불러 피의 제전 당시의 상황을 보고받는 중이었다.

"끝인가?"

"예."

시리우스는 어이없다는 표정으로 물었다. 하지만 경비대장 그란투스는 너무도 쉽게 대답했다.

"그래서 결론은?"

시리우스는 황당한 표정으로 다시 물었다.

"무슨 말씀이신지······."

그란투스는 고개를 갸웃거리며 시리우스의 눈치를 살폈다. 무엇을 알고자 하는지 이해하지 못한 듯했다.

"이거야 원. 레지스탕스가 어디로 침입했고 또 누구의 도움을 받았는지 보고하란 말이다."

시리우스는 기가 막히는지 하나하나 풀어서 말했다. 아무래도 경비대장이라는 작자가 보고라는 뜻을 모르는 게 아닌가 생각이 될 정도로 시리우스의 기대와는 어긋났다.

"그건 파악하지 못했습니다."

그란투스는 전혀 부끄럼 없는 태도로 대답했다. 하지만 내용은 사실이었다.

콰아아아앙!

순간 시리우스는 테이블을 그대로 내려쳤다.

"도대체 뭘 했길래 레지스탕스가 콜로세움에 난입해 시민들을 죽였는데도 아무것도 모르나?"

"죄, 죄송합니다."

시리우스가 호통을 치자 그란투스도 뜨끔했는지 얼른 굽실거리며 용서를 빌었다. 이미 지난 일이고 그저 형식적으로 묻는다고 생각했던 것이다.

하지만 시리우스는 무척 진지했다. 아마도 이번에 수도에서 내려온 이유가 피의 제전 때 난동을 부렸던 레지스탕스 때문인 듯했다.

"기사단장, 자넨 스페셜 룸에 있었으니 콜로세움 전체가 훤히 보였겠군. 자네가 말해보지."

시리우스는 이번엔 질풍기사단장 카르시우스에게 물었다. 그는 시장과 귀족원장이 있던 스페셜 룸에 함께 있었으니 경기장 전체를 바라볼 수 있는 위치였기 때문이다.

"제가 본 것은 레지스탕스들이 순식간에 난입한 것뿐입니다. 워낙 다급한 상황이었고 마나 속박에 걸리지 않은 자 중 일부가 스페셜 룸으로 공격해 왔기에 막는 데 정신을 빼앗겼습니다."

카르시우스 역시 그란투스와 별반 차이가 없었다. 갑작스러운 공격이어서인지 단서가 될 만한 사실이 떠오르지 않왔다.

"다들 정신 상태가 글러먹었군. 쯧쯧."

시리우스는 무력을 책임지고 있는 자들의 한심한 태도에 혀를 찼다. 그동안 얼마나 안일한 태도로 자리만 지켰는지 여실히 드러났다.

"그 모가지 계속 붙어 있고 싶으면 뭐라도 말해라. 내가 수도에서 여기까지 헛걸음한 걸로 만들고 싶지 않다면."

시리우스는 안 되겠는지 으름장을 놓았다. 레지스탕스가 콜로세움을 습격한 일은 지금껏 유례가 없는 일이고, 수도에서는 위기의식을 느낀 탓인지 군대까지 보냈다.

그런데 정작 비잔티움에서는 걱정은커녕 대수롭지 않게 생각하고 있으니 기가 찰 노릇이다.

"할 말이 없다? 그럼 날 원망하지 마라. 너희 둘의 목을 치고 너희가 레지스탕스를 도왔다고 보고할 테니. 예까지 왔는데 빈손으로 돌아갈 수는 없잖아?"

시리우스는 극단적인 태도로 나왔다. 진담인지 농담인지도 알 수 없었다. 시리우스의 입장에서는 군대까지 몰고 온 마당에 그냥 돌아갈 수도 없는 노릇이다.

"참, 참사관님!"

"제발……."

긴가민가했던 그란투스와 카르시우스도 겁이 덜컥 났는지

빌기 시작했다. 콜로세움이 습격당한 사건을 그리 크게 생각하지 않았는데 자신들의 목이 잘릴 수도 있게 된 것이다.

"내 말이 농담 같나? 눈앞에서 레지스탕스들이 활개 치는데 아무것도 본 것이 없다? 나보고 그걸 믿으라는 말이냐?"

시리우스는 더욱 둘을 몰아붙이며 윽박질렀다. 기억을 떠올리든 없는 사실을 만들어내든 뭔가 그럴듯한 변명은 있어야 하지 않는가.

"정말입니다. 제가 본 것은… 맞습니다. 레지스탕스들은 워리어스 대기실을 통해서 난입했습니다."

카르시우스는 다급했는지 그날의 기억 중 일부를 떠올렸다. 갑작스레 덤벼든 자를 처리하느라 정신은 없었지만 그들이 처음 어디에서 몰려 나왔는지는 똑똑히 기억했다.

"워리어스 대기실?"

시리우스의 표정이 변했다. 이 중대한 사실을 지금껏 누구도 말해주지 않은 것이다. 그저 관중석에 있다가 난입한 것으로 생각했는데 그게 아니었다.

워리어스 대기실이라면 그날 출전했던 가문 중 한곳에서 레지스탕스를 도운 것이다.

"어느 가문의 대기실이냐?"

시리우스는 카르시우스의 어깨를 움켜쥐며 물었다.

"그게… 워리어스 대기실은 모두 연결되어 있습니다."

카르시우스는 곤혹스러운 표정으로 쩔쩔맸다. 콜로세움의 구조상 어느 가문의 대기실이든 전부 연결되어 있어 통로만으로는 확정 지을 수 없었다.

"뭐라? 그럼 어느 통로로 들어왔는지 알 수가 없다?"

시리우스는 뭔가 대단한 실마리를 잡았다고 생각했다가 이내 허탈해졌다.

"하지만 어느 가문이든 분명 관련 있는 곳이 있을 겁니다. 그렇지 않고서는 워리어스 대기실로 들어갈 수가 없습니다."

카르시우스도 시리우스의 생각대로 그날 출전했던 가문 중 한곳이 레지스탕스와 관련이 있다는 쪽으로 생각했다. 어디인지는 몰라도 그것만은 확실했다.

"경비대장!"

"예, 참사관님."

"워리어스 양성 가문이 콜로세움에 들어가는 절차가 어떻게 되지? 워리어스들이 대기실에 들어갈 때 경비는?"

시리우스는 이 실마리를 놓치지 않고 파고들었다. 지금으로썬 그게 최선이었다.

"경비를 세우기는 하지만 워리어스 양성 가문에서는 자체 친위대를 두기 때문에 우리가 따로 감시하지는 않습니다."

그란투스의 대답은 또다시 기대를 저버렸다.

"인원수도 검사하나?"

"그렇지는 않습니다. 출전 가문은 각각 대기실이 주어지기 때문에 가주가 사인을 한 후에는 따로 관리하지 않습니다. 콜로세움 바깥 출입구에만 경비를 세워둡니다."

"뭐 하나 제대로 하는 게 없군. 일단 당시 대기실 바깥을 지키던 경비들을 불러와라. 내가 친히 조사하겠다."

파헤치면 칠수록 경비대의 수준은 최악이라는 것만 확인되었다. 지금껏 워리어스에 대한 감시는 친위대에 맡기는 것이 관례인 탓에 정작 필요한 정보는 하나도 없었다.

하지만 시리우스는 포기하지 않았다. 어떻게든 이 단서를 통해 레지스탕스에 접근할 생각이었다.

"예, 참사관님. 당장 불러오도록 하겠습니다."

그란투스는 가뜩이나 불편한 자리였기에 얼른 대답하고는 자리를 벗어났다. 괜히 더 있어봐야 욕밖에 더 먹겠는가.

그란투스가 나가자 카르시우스는 부러운 눈빛으로 그란투스가 나간 방향을 힐끔 쳐다봤다.

"분명 그날 참가했던 가문 중의 하나다. 쥐새끼 같은 놈! 내가 반드시 잡고야 말겠다!"

시리우스는 주먹을 움켜쥐었다. 피의 제전에 참가한 가문은 열세 곳. 그중에 반드시 있다고 믿었다.

WARRIORS

　환락의 밤거리는 여기저기 술에 취한 자들로 붐볐다. 이리 비틀, 저리 비틀. 얼마나 술을 퍼먹었는지 제대로 걷는 자들이 없었다.
　환락의 거리 깊숙한 곳으로 들어가면 술에 취한 사내들이 반드시 들르는 곳이 있다.
　바로 매음굴.
　오늘도 그 앞은 사내들로 북적였다.
　"아아, 기분 좋다!"
　"꿀꺽꿀꺽."

벡스는 술병째 들이켜며 소리쳤다. 뭔가 좋은 일이 있나 보다. 그 옆으로는 두 명의 친구가 마찬가지로 술이 취한 채 비틀거리고 있었다.

"크으으으! 술맛 죽인다!"

"오늘 질퍽하게 놀아보자고!"

카리엘과 한스도 기분이 좋은지 연신 술을 들이켜며 고래고래 소리를 질렀다.

"오늘은 내가 쏜다!"

벡스가 기분 좋게 소리치고는 둘을 데리고 매음굴로 들어섰다. 어두침침한 사방이 붉은 천으로 장식되어 있었다.

"아이고, 어서 오십시오. 안내하겠습니다요."

서글서글해 보이는 종업원이 셋을 맞았다.

"우리 오빠들, 잘 안내해 드려!"

"예, 마담 누님."

종업원은 사내들 앞에서 굽실거리며 손짓했다.

"야야! 가만있어 봐! 여기 괜찮은 애들 있어?"

벡스는 커텐이 쳐져 있는 방들을 힐끗거리며 물었다. 그곳에서는 교태 어린 소리들이 청각을 자극했다.

"끝내주는 애들로만 있습죠."

종업원은 음흉한 웃음을 지으며 말했다.

"그래? 정말이지? 내가 오늘 기분이 좋아서 쏘는 거니까 다들 불러봐!"

벡스는 호기롭게 소리쳤다.

"이쪽으로 들어가시지요. 바로 대령하겠습니다."

"전부 불러와! 알았어? 이건 팁!"

벡스는 동전 몇 개를 꺼내주었다.

"아이고, 감사합니다요. 금방 불러오겠습니다요."

종업원은 더욱 굽실거리며 벡스 일행을 방으로 안내하고는 후다닥 나갔다.

잠시 후 종업원 뒤로 세 명의 여인이 들어왔다. 주요 부위만을 붉은 천으로 가린 채 요염한 자세로 서 있었다. 세 번째 여인은 서 있기도 힘든지 가녀린 몸을 떨고 있었다.

"안녕하세요. 리나예요."

"안녕하세요. 카라예요."

두 명의 여인은 발랄한 목소리로 자기소개를 하고는 윙크까지 했다.

"쥬, 줄리아예요. 콜록."

세 번째 여인은 목소리마저 떨렸다. 기침을 하는 상태로 봐서는 꽤나 아파 보였다. 그녀는 샤막이 사랑했던 여인이었다.

"얘는 왜 이래? 어디 아픈 거 아냐?"

벡스는 찌푸린 얼굴로 물었다.

"아프긴요, 꾀병입니다요."

종업원의 얼굴이 살짝 일그러졌다.

짜아아악!

"아아악!"

종업원은 그대로 따귀를 올려붙였다. 쥴리아는 비명을 지르며 나가떨어졌다.

"이년이 누구 장사를 말아먹으려고! 똑바로 못 서?"

"죄, 죄송해요."

종업원은 벡스 일행을 대할 때와는 완전히 달라진 모습으로 쥴리아에게 으름장을 놓았다. 쥴리아는 가까스로 일어나 자세를 잡았다. 애는 쓰고 있지만 서 있는 것도 힘들어 보였다.

"비실거리는 게… 딱 내 스타일이잖아? 크하하하!"

벡스는 쥴리아를 이리저리 살피더니 맘에 드는지 웃음을 터뜨렸다. 혹시라도 퇴짜를 놓을까 조마조마했던 종업원의 얼굴에 화색이 돌았다.

"마음에 드십니까요?"

"그럼! 얘로 하지."

벡스는 쥴리아를 선택했다.

"탁월한 선택입니다요. 꾀병을 좀 부리기는 해도 우리 가게에서 최곱니다요. 찾는 손님들도 줄을 섰굽쇼. 이 바닥에서 굴러먹던 애가 아니라서 재밌을 겁니다요."

"좋아, 좋아."

종업원은 쥴리아에 대한 칭찬을 늘어놓기 시작했다.

"다른 분들께서는……."

"나도 얘로 하지."

"나도."

카리엘과 한스 역시 쥴리아를 선택했다.

"네?"

종업원은 이게 무슨 상황인지 얼핏 이해하지 못하고는 멍한 표정이 되었다.

"왜? 셋이서 놀면 안 돼?"

벡스는 잔뜩 찡그린 얼굴을 가까이 들이밀며 물었다.

"안 되는 건 아니지만……."

종업원은 난감한 표정으로 어쩔 줄 몰라 했다.

"걱정 마! 세 명분 내면 될 거 아냐?"

"그러시다면야…… 헤헤."

벡스가 한마디로 해결해 주자 종업원은 다시금 비굴한 웃음을 지으며 굽실거렸다.

"뭐해? 나가봐!"

꾸벅.

"그럼 좋은 시간 되십쇼."

종업원은 머리가 바닥에 닿을 정도로 인사를 하고는 얼른 나가 버렸다.

"전 뭐든… 잘해요……. 어떻게 해드릴까요? 시켜만 주세요."

종업원과 두 여인이 나가자 쥴리아는 매번 그랬던 것처럼 교육받은 멘트를 했다.

"당신 이름이?"

"쥴리아예요."

"본명인가?"

"네. 쥴리아, 본명이에요."

벡스는 쥴리아에 대해서 묻기 시작했다. 쥴리아는 묻는 말에 순순히 대답해 주었다. 하지만 눈은 이미 반쯤 풀려 있었고 몸은 여전히 떨고 있었다.

얼핏 봐도 상태가 꽤나 심각해 보였다.

"샤막을 아나?"

흠칫.

이번 질문에는 쥴리아의 표정이 변했다. 지금껏 억지웃음을 지으려고 노력하고 있었다면 이번엔 잔뜩 겁을 집어먹은 표정이다.

"누, 누구……."

쥴리아는 두려움 가득한 얼굴로 물었다.

"쉬잇! 소리 내지 마라. 해치러 온 게 아니니까."

벡스는 얼른 쥴리아의 입을 막고는 진정시켰다.

"그분은… 살아 계신가요?"

쥴리아는 해를 끼치러 온 자들이 아니라는 걸 직감했다. 무엇보다 사형선고까지 받았던 샤막의 소식을 알 수 있다는 생각에 가슴이 두근거렸다.

쥴리아는 샤막이 살아 있다고 굳게 믿었다. 아니, 살아 있기를 간절히 바랐다.

"물론."

"아아, 역시 살아 계셨어. 살아 계셨어. 콜록콜록."

쥴리아는 긴장이 풀리자 온몸의 힘이 빠져나가는 느낌이 들었다. 기침과 함께 붉은 덩어리가 쏟아졌다.

"피?"

벡스는 깜짝 놀랐다.

"죄, 죄송해요."

쥴리아는 얼른 입을 닦았다.

"얼마나 됐지?"

"모르겠어요. 몇 달 된 것 같아요."

벡스의 표정은 어두웠다. 쥴리아는 대수롭지 않게 말했지만 이미 건강은 위험한 지경에 이르러 있었다.

"샤막을 만나고 싶나?"

"만나고 싶어요. 그분께 꼭 해드릴 말이……."

쥴리아의 눈에는 어느새 눈물이 그렁거렸다. 다시는 듣지 못할 수도 있다고 생각했던 그 이름이 아닌가.

"그럼 우리와 함께 가자. 샤막의 부탁으로 먼저 온 거니까. 샤막은 나중에 올 것이다."

"정, 정말인가요?"

"그렇다."

쥴리아는 놀란 표정으로 물었다. 설마 이런 날이 정말 오게 될 줄 몰랐다. 아무리 힘들어도 버티며 언젠가는 샤막이 와주기를 막연하게 바랐을 뿐이다.

그런데 결국 그날이 온 것이다.

"아, 안 돼요. 저는 떠날 수 없어요. 제가 떠나면…… 흑 흑."

쥴리아는 당장에라도 함께 가고 싶었지만 그 순간 머릿속을 스치는 게 있었다. 쥴리아는 서럽게 흐느끼면서 벡스의 제안을 거절했다. 이곳에서 떠날 수 없는 이유 때문이다.

그 때문에 하루에도 수십 번 죽고 싶었지만 참아오지 않았는가.

"아이 때문인가?"

"제발 우리 아이를 구해주세요. 부탁이에요."

쥴리아는 벡스에게 무릎을 꿇고는 사정했다. 아이만 구할 수 있다면 자신의 목숨 따위는 언제든 내버릴 수 있었다.

"이미 로비우스의 집에서 데리고 왔다. 그러니 우리와 함께 떠나면 된다."

벡스는 줄리아의 어깨를 감싸며 달래주었다.

"그게 정말인가요? 정말 우리 아이를……."

줄리아의 목소리가 더욱 떨렸다. 드디어 그 짐승 같은 자에게서 벗어나게 된 것이다.

"그렇다. 아이 때문에 떠나지 않을 것 같아서 아이를 먼저 데리고 왔다. 어떤가? 함께 가겠나?"

"네, 가겠어요."

줄리아는 망설이지 않고 대답했다. 이제는 이곳에서 버틸 이유가 없는 것이다.

"그럼 우리가 시키는 대로 해야 한다."

"뭐든 할게요. 그런데… 누구시죠?"

줄리아는 이제 못할 게 없었다. 하지만 워낙 로비우스에게 당한 게 있어서인지 처음 보는 벡스 일행을 선뜻 믿는 것도 두려웠다. 샤막의 처지에 이렇게 사람을 부릴 여유가 없다는 것을 알기 때문이다.

"예전에 샤막이 우리와 잠시 접촉한 일이 있다. 그런데 만나기로 한 장소에 나오지 않았다. 나중에 알고 보니 치안대에 잡혀가서 사형선고를 받았더군."

"레지스탕스!"

쥴리아는 이들의 정체를 곧바로 알아챘다. 샤막과 이야기한 일이 있었던 것이다. 만일 샤막에게 그런 일만 벌어지지 않았더라도, 샤막이 로비우스의 집에서 무사히 도망칠 수만 있었더라도 지금쯤 레지스탕스의 도움으로 함께하고 있을 것이다.

끄덕.

벡스는 순순히 인정했다.

"고마워요. 정말 고마워요."

쥴리아는 이제 이들을 완전히 믿게 되었다. 레지스탕스는 샤막이 믿었던 최후의 보루였기 때문이다.

"걸을 수는 있겠나?"

"제 걱정은 하지 마세요."

쥴리아는 힘겨웠지만 꿋꿋하게 나섰다.

"잠깐이겠지만 우리가 거칠게 다룰 수도 있다. 우리의 정체가 드러나면 안 되니까."

"절 때려도 좋아요. 뭐든 할 수 있어요."

벡스는 미리 양해를 구했다. 레지스탕스와 관련되지 않고서 쥴리아를 데리고 나가야 했기 때문이다. 쥴리아는 이곳에서 나갈 수만 있다면 못할 일이 없었다.

아무리 거칠게 다룬다고 해도 여기서 당한 것만큼이랴. 쥴리아는 이제 무섭지 않았다.

"알겠다. 그럼 우리는 여전히 술집에 온 손님일 뿐이다."
"네."
벡스는 쥴리아와 입을 맞추고는 일행에게 신호를 했다.
"야야, 여기선 좁아서 안 되겠다! 집으로 가자!"
"좋지. 꺼어억!"
"이년아, 우리가 천국을 보여주마! 가자!"
벡스와 일행은 쥴리아와 함께 방에서 나와서는 만취가 된 것처럼 소란을 피우기 시작했다.
"저… 손님들, 이러시면 안 됩니다요."
좀 전의 종업원이 달려와 말리기 시작했다.
"안 되긴 뭐가 안 돼? 돈 다 냈잖아! 썅!"
벡스는 화를 내며 고래고래 소리쳤다.
"손님들, 여기서만 즐기셔야 합니다요."
종업원은 진상을 부리는 벡스 일행 때문에 미칠 지경이었다. 간혹 술에 취해 이렇게 진상을 부리는 손님들이 있기에 별다른 의심은 하지 않았다.
"저리 안 비켜!"
퍼어어억!
쿠당탕탕!
"아이고!"
벡스의 발길질에 종업원이 그대로 나가떨어졌다. 꽤나 제대로 차였다. 벡스는 대충 차는 것처럼 하면서 정확히 늑골을 걷어찬 것이다. 서너 개는 족히 부러졌을 것이다.

조금 전 쥴리아의 뺨을 후려치는 걸 봤으니 당연한 결과였다. 종업원은 벽에 기댄 채 고통스러워했다.

"꺄아아악!"

여인들의 비명 소리가 터져 나왔다.

"어이! 형씨들! 술 좀 어지간히 처먹었으면 곱게 가지?"

쥴리아를 둘러업고 나가려 할 때 이번에는 제법 묵직한 목소리가 들려왔다. 그곳에는 인상만으로도 살인은 우습게 할 것 같은 사내가 무섭게 노려보고 있었다.

"넌 또 뭐야?"

벡스는 취한 목소리로 물었다.

"나? 발락! 환락의 거리에서는 날 미친개라고도 하지. 한번 발광하면 죄다 물어 죽이거든."

발락은 자기소개를 했다. 환락의 거리 여인들에게는 공포의 대명사 발락. 특히 쥴리아를 이 지경으로 만든 장본인이다. 여자들이 제대로 일을 하지 않거나 이렇게 진상을 부리는 손님들이 있을 때 나타나 해결해 주는 게 그의 일이다.

"야야! 저 새끼가 미친개란다!"

"그래? 미친 개새끼한테는 몽둥이가 약이잖아? 꺼억!"

"낄낄낄! 야, 이 개새끼야! 짖어봐! 멍멍!"

발락의 소개에 벡스 일행은 노골적으로 비웃기 시작했다. 보통 이럴 때의 반응은 바짝 긴장하며 겁을 먹는 게 정상인데 벡스 일행은 전혀 다른 반응을 보이고 있다.

"이, 이 새끼들이!"

발락의 얼굴이 똥 씹은 것처럼 구겨졌다. 아무리 술에 취했어도 자신이 등장하면 언제나 상황이 정리되지 않던가. 굳이 폭력을 쓸 필요가 없었다.

거의 대부분은 얼굴만 보고도 오줌을 지릴 정도로 두려워하기 때문이다. 그런데 이렇게 대놓고 조롱하는 놈들은 발락으로서도 처음 당해보는 일이다.

"하하하! 저 미친 개새끼가 인상 쓴다."

"거 새끼, 인상 참 드럽네."

벡스 일행은 더욱 노골적으로 발락을 조롱하기 시작했다. 마치 약 올려 죽여 버리겠다는 듯이 그의 자존심을 뭉갰다.

"니들 오늘 다 뒈졌어! 뼈까지 아작아작 씹어 먹어주마!"

발락은 모욕감에 얼굴이 벌겋게 달아올랐다. 이렇게 대놓고 놀림감이 된 일은 꼬마 때를 제외하고는 없었다. 그때에도 발락은 자신을 놀린 상대를 반쯤 죽여 놓았다.

하지만 이번엔 그 정도로는 끝날 일이 아니다. 최대한 고통스럽게 죽일 것이다.

"뭐라는 거야, 저 미친 개새끼가?"

미친개는 몽둥이가 약이지

발락이 아무리 위협을 하고 인상을 써도 벡스 일행은 정말 미친 똥개를 보는 것처럼 즐거워했다. 그러한 반응은 발락을 더욱 미치게 만들었다.

"이 새끼들이!"

다다다다!

부아아앙!

발락은 달려와 주먹을 날렸다. 술에 취해 행패를 부리는 치들이야 익숙하지 않은가. 보통은 몇 대 쥐어 패고 말겠지만 오늘은 다르다. 발락의 자존심을 완전히 긁어놓은 것이다.

아무리 술에 취해서 한 말이라고는 해도 용서할 생각 따윈 없었다. 밑바닥 인생일수록 무시 받으면 폭발하는 법.

매음굴의 여자들에게는 저승사자 같지만 위에는 이리저리 채이며 눈치 보는 인생. 팔자 좋게 술에 절어 사는 인간들에게까지 이런 수모를 당하고 싶지는 않았다.

휘이이익!

퍼퍼퍽!

"커헉!"

발락의 상체가 급격하게 굽어졌다. 발락은 숨이 턱 막혔다. 순간 이상한 생각이 들었다.

'뭐지? 내가 맞은 거야? 저런 찌질이들한테?'

발락은 이해할 수가 없었다. 술에 절어 앞뒤 분간 못하는 자들에게 자신의 주먹이 통하지 않은 것이다. 게다가 어떻게 맞았는지도 모를 만큼 엄청난 충격이 전해졌다.

"이 미친 개새끼 얼굴 표정 좀 봐! 꺼억!"

"에라이, 개새끼야! 매가 약이다!"

벡스 일행은 여전히 발락을 조롱하며 가지고 놀았다. 그들의 얼굴에선 두려움이라곤 찾아볼 수 없었다. 발락 정도는 그들에게 두려움의 대상이 아니라 조롱거리일 뿐이다.

콰직!

우두둑!

"끄아아아아!"

무릎이 반대로 휘어지며 정강이뼈가 살을 뚫고 튀어나왔다. 발락은 정신이 아득할 만큼 고통스러웠다.

"하아, 요 개새끼 봐라? 여자들한테는 개폼을 다 잡더니 아주 깨갱 하는데? 에라이, 새끼야!"

우두둑!

"끄으윽!"

발락의 오른손이 기이하게 꺾이며 끔찍한 소리가 터져 나왔다.

쩌어어엉!

"끄어억!"

발락은 정신을 차릴 새도 없이 옆구리에서 엄청난 통증이 느껴졌다. 얼핏 봐도 늑골 세 대는 완전히 나간 것 같았다.

"앞으로는 알아 모셔라! 앙?"

콰직!

"끄으으으으!"

마지막으로 벡스는 발락의 손목을 짓이겨 버렸다. 이제 다시는 주먹질을 하는 건 불가능했다. 발락은 졸지에 다리병신에 팔 병신이 되어버린 것이다.

환락의 거리를 공포로 주름잡았던 발락의 전성시대는 이렇게 허무하게 막을 내렸다.

"어이, 마담!"

"예에?"

벡스의 부름에 마담은 심장이 멈출 뻔했다.

"우린 이 여자가 맘에 드는데? 데려가서 놀아도 괜찮지? 안 된다는 말은 하지 마! 이 새끼 잘 보고 대답하라고! 꺼어억!"

벡스는 만취한 척 비틀거리며 혀까지 꼬부라져서는 협박 아닌 협박을 했다. 영락없이 술에 취한 진상 손님이다.

"물, 물론입죠. 데려가세요. 마음껏 노세요."

마담은 발락을 한번 보고는 두말없이 허락했다. 그 무시무시한 발락을 이 지경으로 만들었는데 어떻게 안 된다는 말을 할 수 있겠는가.

"큭큭큭. 역시 마담은 눈치가 빠르다니까! 자, 팁!"

또르르르르.

동전 한 개가 굴러가 마담의 발에 부딪쳤다.

"고, 고맙습니다요."

마담은 연신 머리를 조아리며 굽실거렸다.

"어이, 아가씨! 가서 질펀하게 놀아보자고!"

벡스는 쥴리아를 둘러업고는 매음굴을 나왔다.

"끄으으으으!"

발락은 눈이 반쯤 풀려서는 고통에 신음했다.

WARRIORS

똑똑.

"테일러!"

"카시아스!"

카시아스는 테일러의 마나 수련실을 찾아갔다. 테일러는 카시아스가 가르쳐 준 자세로 마나 수련 중이었다.

"어때? 마나 수련은 할 만해?"

"으음. 역시 단전에 쌓는 건 너무 더뎌. 예전 거에 비하면 너무 비효율적이다."

테일러의 얼굴에는 불만이 가득했다. 이곳에 정평이 나 있는 것처럼 단전에 마나를 쌓는다는 건 역시 효율이 떨어졌다. 마음이 급한 테일러에게는 답답할 수밖에 없는 일이다.

"물론 그렇긴 하지만 꾸준히 하다 보면 빨라질 거야. 내 경험으로는 두 달쯤부터 속도가 붙는 것 같아."

"그래? 그때까지 별일 없어야 할 텐데."

카시아스도 그 부분에 대해서는 딱히 도와줄 수 있는 게 없었다. 속도에서 차이가 나는 건 어쩔 수 없었기 때문이다.

똑똑.

야콥이 들어왔다.

"야콥!"

"네가 불렀어?"

야콥의 등장에 테일러가 거친 반응을 보이자 카시아스가 얼른 나서며 사정을 이야기했다.

"나도 왔다."

"무슨 일이여?"

야콥의 뒤로 샤막과 로베르토도 들어왔다.

"상의할 게 있어서."

"뭐지? 마나 고리는 전부 끊었고. 다들 열심히 수련하고 있잖아. 또 다른 문제가 있는 건가?"

테일러는 또 다른 문제가 생긴 게 아닌지 겁부터 났다. 요즘은 전혀 생각지 못했던 일이 아무렇지도 않게 일어나기 때문이다.

"마스터 때문에."

"마스터?"

"마스터에게도 말할까 해. 어차피 반란이 일어나면 마스터에게도 영향이 미칠 테니까. 우리끼리 떠날 수는 없잖아? 그렇게 되면 마스터는 죽게 될 거다."

카시아스는 벨포스도 이번 계획에 동참시킬 생각이었다. 샤갈의 성격상 반란 이후에 벨포스를 그냥 둘 리가 없기 때문이다. 벨포스는 그야말로 아무것도 모르고 있다가 봉변을 당하는 꼴이다.

"물론 그렇겠지만 난 반대다."

"나도 반대다."

테일러와 야콥이 나란히 반대의 뜻을 표했다. 그렇게나 다투던 사이면서 이럴 때는 같은 의견이다.

"왜 그래? 마스터도 우리와 같은 워리어스였잖아."

카시아스는 둘의 반대를 이해할 수 없었다. 테일러와 야콥은 꽤 오랜 시간 벨포스와 함께했고, 그들을 워리어스로 만들어준 사람도 바로 벨포스였기 때문이다.

"마스터는 가주에게 절대적으로 충성하는 사람이야. 절대로 먼저 배신하지 않아."

"우리가 반란에 대해서 말하면 바로 가주에게 보고할걸?"

"설마!"

테일러와 야콥은 벨포스를 샤갈의 사람으로 보았다. 그건 카시아스가 받은 인상과는 전혀 달랐다.

"마스터는 노예지만 자유인과 다름없는 특권을 부여받고 있다. 가정을 꾸리고 있지, 특별 자유 시간이 아니라고 해도 언제나 짝과 있을 수 있지. 너라면 그런 특권을 팽개치고 성공할 가능성이 거의 없는 반란에 가담하겠나?"

테일러는 벨포스의 입장에 대해서 말해주었다. 그의 말처럼 벨포스는 분명 워리어스와는 다른 생활을 한다. 노예로서는 꿈도 꿀 수 없는 것들을 누리고 있다.

그중에서도 가정을 꾸릴 수 있다는 건 워리어스에게는 부러움의 대상이면서도 그를 동료로 인정하지 못하는 원인이기도 했다.

"가주와 마스터는 특별한 관계다. 샤갈 가주가 클라니우스 가문을 이어받으면서 가장 먼저 한 일이 마스터를 워리어스에서 교관으로 채용한 것이지. 거기에 걸맞은 특권을 부여해 줬으니 마스터 역시 가주에게 충성을 다하는 것이고."

야콥 역시 벨포스의 특별한 상황을 이야기했다. 벨포스는 샤갈에게 있어서도 특별한 의미가 있을 수 있는 존재다. 샤갈의 꿈을 처음부터 함께했기 때문이다.

"그럼 마스터를 죽게 내버려 두자는 말인가?"

"우리가 성공하려면 어쩔 수 없다. 정 살리고 싶다면 반란 이후에 데려가면 되잖아?"

카시아스는 벨포스가 어떤 대가를 치를지 알기에 외면할 수 없었다. 하지만 테일러와 야콥의 반대가 거셌다. 그들의 심정을 이해할 수 있었기에 더욱 난감했다.

"으음. 난 미리 이야기했으면 한다."

샤막은 벨포스에게도 선택의 기회를 주고 싶었다. 벨포스는 위험을 무릅써가면서까지 줄리아의 소식을 전해주지 않았던가. 벨포스 역시 샤갈보다는 워리어스의 입장이라는 걸 샤막은 느꼈다.

"굳이 그럴 필요가 있을까?"

"시도도 해보기 전에 모두 죽을 수 있는 문제다."

테일러와 야콥은 벨포스가 가담하리라고는 생각하지 않았다.

"마스터의 도움 없이는 그때까지 눈치채지 못하게 버티기 힘들다. 지금쯤 마스터도 어느 정도 이상하다는 건 눈치챘을 거야. 아무리 마나를 사용하지 않고 훈련했다고 해도 마나가 텅 비어 있는 상태를 눈치채지 못할 사람이 아니니까."

카시아스는 비밀을 지키기 위해서라도 벨포스의 도움은 반드시 필요하다고 보았다. 매일같이 함께 훈련하는 상황에서 그의 눈을 피하는 건 불가능한 일이었기 때문이다.

워리어스의 몸 상태에 대해서는 누구보다 잘 아는 벨포스다. 앞으로 석 달간 그를 속이는 건 반란에 성공하는 것보다 더 어려운 일일 수도 있었다.

"그건 그렇지만……."

테일러와 야콥도 그 부분에 대해서는 반박하지 못했다.

"만일 뭔가 이상하게 느끼고 가주에게 말한다면 어떡할 거지? 차라리 우리 계획을 말하는 게 좋을 것 같다."

"만일 거절하면?"

"거절하면…… 으음."

벨포스가 함께하지 않을 경우 카시아스는 대안이 없었다.

"제거해야지."

"나도 그렇게 생각한다."

테일러와 야콥은 이번에도 뜻을 같이했다. 하지만 그건 위험천만한 일이다.

"마스터를? 가주에게는 뭐라고 말할 거지?"

둘의 계획에 카시아스는 막막했다. 워리어스들이 마스터인 벨포스를 죽여 버린다면 가만히 있을 샤갈이 아니기 때문이다.

"어떤 핑계를 대더라도 별수 없다. 우리 계획이 들통 나는 것보다는 덜 위험하니까. 만일의 경우를 대비하지 않을 생각이라면 절대 말하지 마라. 나는 반대다."

"나 역시 테일러의 의견과 같다. 만일 거절했을 때 제거할 각오가 되었다면 그땐 기회를 주는 것도 좋겠지. 단, 우리가 있을 때 말했으면 한다."

테일러와 야콥은 벨포스와 관련해서는 확고했다.

"너희가 그렇다면 별수 없지. 알겠다. 그럼 오늘 별관에서 이야기하는 걸로 하자."

카시아스도 둘의 의견을 무시할 수는 없었다. 둘은 엄연히 워리어스들의 리더고 카시아스도 그들의 의견은 웬만해서는 따라야 하는 입장이다.

비록 반란을 주도하고는 있지만 전체적인 관계에서 보자면 리더는 그 둘이기 때문이다.

*   *   *

특별 자유 시간을 허락받은 워리어스들은 훈련이 끝나고 별관에서 휴식을 취하고 있었다.

"아낙수나문, 카시아스에게 잠시 다녀올게."

벨포스는 옷을 주섬주섬 입었다.

"무슨 일인데요?"

"모르지. 중요한 일 같던데."

"네, 다녀오세요."

벨포스가 티아라의 방에 이르렀을 때 복도에는 워리어스들이 진을 치고 있었다.

"마스터!"

"마스터!"

모두 벨포스를 알아보고는 인사를 했다.

"다들 무슨 일이지? 여기서 뭐하는 건가?"

벨포스는 뭔가 수상쩍은 분위기를 느꼈다. 원수지간이나 다름없는 소환수와 투견들이 함께 모여 있는 게 아닌가. 그것도 가장 막내인 카시아스의 방 앞에.

"별일 아닙니다. 카시아스 좀 보려고 왔는데 마스터와 약속이 되어 있다고 해서요."

"그럼 같이 들어가지."

"아닙니다. 먼저 일보세요."

워리어스들은 멋쩍은 표정으로 변명했지만 어색하기 짝이 없었다. 자세한 이유는 몰라도 벨포스는 뭔가 석연찮은 느낌을 받고는 더 이상 강요하지 않았다.

"그래?"

벨포스는 찬찬히 주위를 살폈다. 어느새 자신의 뒤쪽에서도 기척이 느껴졌다.

똑똑.

"들어오십시오."

"무슨 일이지? 워리어스들이 전부 몰려왔던데."

벨포스는 심상치 않은 느낌에 바로 물었다. 뭔가 카시아스와 관련된 일이라고 생각한 것이다.

"별일 아닙니다. 티아라, 잠시만."

"네, 말씀들 나누세요."

티아라는 자리를 비켜주었다.

똑똑.

"들어와."

"마스터, 오셨습니까?"

"샤막!"

카시아스는 일부러 샤막을 불렀다. 샤막과 벨포스와 있었던 얼마 전의 일 때문이다. 벨포스를 설득하는 데 샤막의 도움이 필요하다고 판단한 것이다.

"말씀드렸어?"

"아직."

"대체 무슨 일이냐?"

벨포스는 갈수록 뜻 모를 이야기만 하는 둘의 태도에 직접적으로 물었다. 워리어스들의 분위기를 봐도 그렇고 뭔가 심상치 않은 일이 진행되고 있다는 건 아무리 둔한 사람이라도 느낄 정도였다.

나는 자유인이다 261

"마스터, 단도직입적으로 말씀드리겠습니다. 우리는 이곳에서 벗어나려고 합니다."

카시아스는 돌려 말하지 않았다.

"반, 반란을?"

"그렇습니다."

벨포스의 표정이 딱딱하게 굳어졌다. 설마 카시아스의 입에서 이런 말이 나올 줄은 생각지도 못한 것이다.

"내게 말해주는 이유는?"

"우리가 떠나고 나면 마스터께서는 가주에게 목숨을 잃게 될 것입니다. 우리와 함께해 주십시오."

카시아스는 솔직하게 이야기했다. 워리어스들이 반란을 일으켰는데 마스터인 벨포스를 살려둘 리가 없다. 그건 샤갈이 아닌 다른 가주라 해도 마찬가지다.

"내가 거절하면 죽일 생각이군. 밖에 있는 워리어스들은 그 때문에 모여 있는 걸 테고."

벨포스는 소환수와 투견들이 함께 있는 이유를 바로 간파했다. 그들이 제거하려는 대상은 바로 자신인 것이다.

"거짓말하지 않겠습니다. 맞습니다. 마스터께서 가주에게 말한다면 우리는 시도조차 해보지 못하고 죽게 됩니다. 다들 불안해하고 있습니다."

카시아스도 부인하지 않았다. 그들로서는 어쩔 수 없는 선택이라는 걸 알기 때문이다.

"불가능한 꿈을 꾸는구나."

벨포스는 카시아스의 계획이 절대 성공하지 못한다고 보았다. 그저 헛된 꿈일 뿐이다.

"곧 현실이 될 겁니다."

카시아스는 자신있게 말했다.

"그보다 의외군. 테일러나 야콥이 아니라 이제 워리어스가 된 지 불과 석 달밖에 안 된 애송이가 반란을 주도한다? 무슨 마법이라도 부린 건가?"

벨포스는 이런 중차대한 일을 막내인 카시아스가 주도한다는 게 의아했다. 워리어스들은 기본적으로 자존심이 강하다. 그래서 서열도 강한 순서대로 이루어진다.

그런 자들이 막내를 따른다는 건 지금까지의 분위기와는 사뭇 다른 모습이다. 과연 무엇이 이런 상황을 만들었는지 벨포스도 그 이유가 궁금했다.

"모두 자유를 원하기 때문입니다."

"자유라……. 수백 년간 단 한 번도 반란에 성공한 워리어스는 없었다. 물론 시도했던 자들은 수도 없이 많았지. 또 한 번의 희생을 기록할 셈이냐?"

자유라는 말에 벨포스는 잠시 생각에 잠겼다. 하지만 그의 머릿속에 떠오르는 건 부질없이 죽어간 워리어스들이다. 반란은 절대로 성공할 수 없다는 또 하나의 증거를 남기는 셈이다.

"분명히 말씀드렸습니다. 성공한다고."

"의지만으로 되는 게 아니다. 워리어스라는 칭호를 얻어 누구보다 강해졌다고 생각하겠지만 다 부질없는 일. 반란이 시작되는 순간 이곳은 마나 속박이 발동된다. 그럼 어떻게 되는지는 피의 제전 때 경험했으리라 생각한다."

카시아스는 자신있게 말했지만 벨포스에게는 그저 치기로밖에는 보이지 않았다. 만일 반란이 성공할 가능성이 있다면 이미 수도 없이 반란이 일어났을 것이다.

하지만 현실에서는 다르다. 그 누구도 이 비극적인 고리를 끊지 못했기에 지금껏 이어지는 게 아닌가.

"그때 저를 자세히 보지 못했군요. 저는 마나 속박에서 자유롭습니다."

"그, 그럴 리가……."

벨포스의 목소리가 살짝 떨렸다. 워리어스는 마나 속박에서 자유롭지 못하다는 게 정설이다. 벨포스 역시 그 사실을 인정하고 있었다. 그런데 막내인 카시아스가 지금까지의 모든 상식을 깨뜨리는 것이다.

"모두 이번 계획에 동참한 것도 그 때문입니다. 마나 속박에서만 자유롭다면 성공할 수 있다고 믿기 때문입니다."

"그건… 불가능하다."

벨포스는 고개를 저었다. 카시아스의 말이 사실이라는 확신은 없다. 하지만 카시아스의 말이 사실이라면 결과는 달라질 수 있다. 문제는 카시아스가 마나 속박에서 자유롭다는 걸 받아들이는 게 어려웠다.

"아니, 가능합니다."

"어떻게? 수백 년간 아무도 하지 못했다. 아니, 마나 속박에서 자유로운 자들이 간혹 있다는 말은 들었다. 하지만 워리어스들은 예외 없이 마나 속박에 걸린다. 그리고 소문 속의 주인공들도 왜 마나 속박에서 자유로운 것인지 그 이유는 모른다고 한다."

카시아스는 자신있게 말했지만 벨포스는 여전히 카시아스의 말을 신뢰할 수 없었다. 운 좋게 카시아스가 마나 속박에서 자유롭다 해도 혼자서는 아무것도 할 수 없다.

"저는 압니다."

"그걸 어떻게……."

벨포스는 더욱 놀란 표정이 되었다. 워리어스가 마나 속박에서 자유로운 것도 믿기지 않는데 그 방법까지 안다는 건 천지가 개벽할 만큼 놀라운 일이다.

"저뿐만이 아닙니다. 이곳의 동료 모두 마나 속박에서 자유로워졌습니다."

카시아스는 현재의 상황을 말해주었다.
"뭐, 뭐라? 그게… 사실인가?"
벨포스는 도무지 믿기지가 않았다. 카시아스의 성격상 이런 거짓말을 할 리는 없지만 믿기에는 너무나 엄청난 내용이다.
"그렇습니다."
"그럴 리가……."
벨포스는 어떤 말도 할 수가 없었다.
"오늘 훈련에서 뭔가 이상한 점을 느끼지 않았습니까?"
"이상한 점? 설마……."
카시아스의 물음에 벨포스는 곧바로 무언가를 떠올렸다. 그건 카시아스가 우려했던 대로 워리어스의 상태가 이상하다는 걸 이미 알아차린 것이다.
"느끼셨군요."
"마나 운용에 문제가 있다는 걸 알았다. 한두 명도 아니고 전부. 간혹 마나 운용에 문제가 생기는 경우가 있지만 자연스러운 현상이라 그냥 넘어갔다. 하지만 한두 명이 아니라 전부가 그렇다는 건 뭔가 이상하더군. 설마 마나 속박과 관련된 건가?"
벨포스는 워리어스의 상태에 문제가 생겼다는 건 곧바로 알아챘다. 다만 그 이유를 몰라 지금껏 말하지 않았을 뿐이다.

"그렇습니다. 마나 속박에서 자유로워지기 위한 과정입니다."

"정말… 가능한 건가?"

"물론입니다."

벨포스의 가슴이 조금씩 두근거리기 시작했다. 가슴의 두근거림과 함께 벨포스의 마음도 점차 기울었다.

"말해줄 수 있나?"

"간단합니다. 심장의 마나 고리를 끊으면 됩니다. 그리고 새롭게 단전에 마나를 쌓는다면 마나 속박의 영향을 받지 않습니다."

카시아스는 마나 속박에서 자유로워지는 방법을 말해줬다. 몰랐을 때는 생각할 수 없겠지만 알게 되면 너무도 단순한 방법이다. 아무도 생각하지 못했을 뿐이다.

"그, 그런 말도 안 되는……. 그럼 지금껏 쌓아온 마나는 모두 날아가 버리는 게 아니냐?"

카시아스가 가르쳐 준 방법은 벨포스의 입장에서는 황당한 내용이다. 평생을 쌓아온 마나를 버린다는 건 있을 수 없는 일이다. 무엇보다 마나를 단전에 쌓는다는 걸 받아들이기 힘들었다.

"맞습니다. 새 술은 새 부대에. 새롭게 시작해야지요."

"정말 그 방법을 사용하면 마나 속박에서 자유로워지는 것이냐?"

"그렇습니다."

벨포스는 벌써 같은 질문을 여러 차례 반복했다. 그만큼 비상식적인 일이었기 때문이다.

"그럼 너희 모두는 마나가 텅 비어 있겠군. 물론 너희 둘은 아니겠지만."

"로베르토도 마찬가지입니다. 우리는 미리 시작했으니까요."

벨포스는 워리어스들의 움직임이 훈련 내내 이상했던 이유를 이제야 깨달았다.

"내가 거절하면 날 죽이겠다고 했는데, 가능할까? 마나가 텅 비었다면 밖에 있는 워리어스들은 도움이 안 될 텐데? 물론 너희 둘이 함께 덤빈다 해도 마찬가지일 것이다."

벨포스의 입꼬리가 올라갔다. 지금 상태라면 아무리 숫자가 많다 해도 워리어스들은 벨포스에게 위협이 되지 않는다. 카시아스의 처음의 위협은 이제 무의미해진 것이다.

벨포스는 언제든 일어나 갈 수 있었고, 워리어스들은 벨포스를 제거하기는커녕 오히려 당할 가능성이 높았다.

"알고 있습니다. 마스터께서 실수를 하지 않는 이상 지금 상태로는 마스터를 해할 수 없다는 것을."

"알면서도 내게 말하는 건가?"

"함께하고 싶습니다."

카시아스는 진심을 담아 부탁했다. 처음 그랬던 것처럼 벨포스를 해할 생각은 없었다. 그가 진심으로 동료가 되어 함께 세상에 나아가기를 바랐다.

"으음."

벨포스는 많은 생각이 교차되었다. 무엇보다 아내 아낙수나문의 말이 떠올랐다.

"이곳에서 특권을 받고 계신 걸 압니다. 가정을 꾸리시고 자유인과 비슷한 생활을 하시지요. 마스터께는 우리 계획에 동참해 달라는 것이 손해일 수도 있습니다. 하지만 우리가 떠나고 나면 필시 마스터께 책임을 묻게 될 겁니다."

카시아스는 간곡히 부탁했다.

"마스터, 제발 부탁드립니다. 우리의 자유를 위해 마스터를 희생시키고 싶지 않습니다. 비록 마스터께서는 반란을 일으키지 않아도 자유로운 생활을 하실 수 있겠지만 우리도 포기할 수 없습니다."

카시아스는 벨포스가 얼마나 입장이 난처한지 충분히 이해했다. 워리어스들과는 달리 이미 많은 것이 주어지지 않았는가. 그러한 것을 내팽개치고 모험을 한다는 건 쉬운 선택이 아니다.

그러한 점을 충분히 이해하고 있었다.

"자유로운 생활? 특권? 크하하하하!"

카시아스의 절절한 설명에 벨포스는 웃음을 터뜨렸다. 무척 자조적인 웃음이었다.

"마스터!"

벨포스의 반응에 카시아스는 당황했다.

"너희 말대로다. 나는 워리어스들과 달리 특혜를 누리고 있지. 그런데 그게 얼마나 갈 것 같으냐? 5년? 10년? 아무리 길게 잡아도 10년을 넘지는 않을 것이다. 나도 나이가 들 테고 너희를 가르치는 데도 한계가 올 테니까."

카시아스나 다른 워리어스들의 생각과는 달리 벨포스는 지금 받고 있는 특권에 그리 연연하지 않는 것 같았다. 아니, 별로 달가워하지 않는 느낌이다.

"워리어스를 훈련시킬 수 없는 내게 계속해서 특권을 줄까? 내 가정을 계속 유지하도록 놔둘까? 곧 태어나는 내 아이가 워리어스의 재목이 아닌데도 팔지 않을까?"

벨포스는 현실을 냉정하게 바라보고 있었다. 그저 지금 당장은 고마울지 몰라도 결코 그것이 영원하지 않다는 걸 알기 때문이다. 아이가 생겨서인지 그러한 문제에 대해서 더욱 고민하게 된 것이다.

"마스터……."

카시아스는 벨포스가 무슨 말을 하려는지 알 수 있었다. 그 역시 다르지 않은 것이다.

"나 역시 인간이다. 자유롭게 가정을 꾸리고 싶다. 내가 이깟 특권 때문에 너희를 밀고하리라 생각하나?"

"죄송합니다."

벨포스는 오히려 화를 냈다. 자신을 동료라 생각하지 않는 워리어스들에게 서운한 감정을 드러냈다. 카시아스는 얼른 사과했다. 워리어스들은 벨포스를 잘못 이해하고 있었던 것이다.

"저희가 생각이 짧았습니다."

샤막도 정중히 사과했다.

"나는 너희를 가르쳤다. 그리고 나 역시 워리어스! 언제든 싸울 준비가 되어 있다. 그만한 가치만 있다면!"

벨포스는 자신의 입장을 분명히 했다, 샤갈이 아닌 워리어스들과 함께하고 있음을.

"함께해 주십시오."

"함께해 주십시오."

카시아스와 샤막의 표정이 밝아졌다.

"내가 반대했던 건 반란이 실패할 것이라 생각했기 때문이다. 설령 성공한다고 해도 마찬가지다. 갈 곳이 있나? 이곳을 벗어난다고 해도 비잔티움을 벗어나기 전에 잡힐 것이다. 운

좋게 비잔티움을 벗어난다고 해도 마찬가지다. 결국 갈 곳 없이 쫓기다 생을 마감할 것이다. 그럼 남은 가족은? 생각해 봤나?'

벨포스는 좀 더 멀리 내다봤다. 다른 워리어스들은 당장 클라니우스 양성소에서 탈출하는 것만 생각했지 그 이후는 누구도 거론하지 않고 있다.

생각이 없는 것인지, 아니면 막막하기에 아예 말을 꺼내지 않았는지도 모른다.

중요한 건 자유는 잠시잠깐 얻는 게 아니다. 영원한 주어져야 하는 것이다. 그러자면 이후의 문제까지도 생각해야 한다. 벨포스는 그러한 점을 지적했다.

"갈 곳이 있다면 어찌하시겠습니까?"

"이 세상에 소환된 지 몇 달 되지도 않은 네가 그런 말을 하면 내가 솔깃할 것 같나?"

카시아스의 물음에 벨포스는 별다른 반응을 보이지 않았다. 이곳에서 탈출하는 것 외에는 카시아스가 할 수 있는 일은 거의 없다고 본 것이다.

"이미 합의가 되어 있습니다."

"합의? 누구와?"

"레지스탕스!"

"허억! 레지스탕스!"

벨포스는 헛바람을 삼키며 꽤나 놀랐다. 이제 이 세상에 온 지 몇 달 되지도 않은 카시아스가 레지스탕스와 끈이 닿아 있을 것이라 누가 생각할 수 있겠는가.

"제게 접촉해 왔습니다. 반란에 성공하면 그들이 일단 은신처를 마련해 줄 것입니다. 그리고 짝들은 새로운 신분을 얻어 생활하게 될 것입니다. 레지스탕스가 그래 왔던 것처럼. 은밀하게."

레지스탕스와의 접촉에 대해서 아는 사람은 샤막과 로베르토뿐이다. 다른 워리어스들에게는 당분간 비밀로 하기로 했다. 이제는 벨포스에게도 그 사실을 알렸다.

"정말… 레지스탕스에서 도와주겠다고 했나?"

벨포스의 표정이 아까와는 달랐다. 그의 마음이 기울었다는 걸 느낄 수 있었다. 반란 이후의 삶까지 보장된다면 이곳에 남을 이유가 없기 때문이다.

"그렇습니다. 다음 시합에 우리가 출전하지 않게 된 것도 모두 그들의 도움입니다."

"아아, 그렇구나. 마나가 텅 빈 상태에서 다음 달 시합에 나간다면 필히 죽게 될 터. 그런 사연이 있었구나."

벨포스는 카시아스의 말이 모두 사실이라는 걸 깨달았다. 단순한 허풍이 아니다. 묘하게 척척 맞아떨어지는 일련의 일들이 모두 관계가 있다는 걸 알 수 있었다.

샤갈까지 움직일 정도로 적극적인 지원을 해준다면 수백 년간 불가능한 일로 여겨졌던 일이 성공할 수도 있는 것이다.

"이제 제 말을 믿으시겠지요?"

"마나 속박에서 자유롭고 이곳에서 벗어난 이후의 은신처까지 마련되었다면 반대할 이유가 없지. 무엇보다 나 역시 이 세상에 오기 전에는 노예 따위가 아니었으니까."

벨포스는 완전히 마음을 굳힌 듯했다. 그저 자유를 얻으려는 시도로 끝날 일이라면 절대로 함께하지 않았을 것이다. 하지만 태어날 아이를 위해서도 무언가를 해야 했다.

부모로서 적어도 아이에게 자유는 줘야 하지 않겠는가.

"그럼 함께하는 걸로 믿겠습니다."

카시아스는 벨포스의 결정에 한결 부담을 덜었다. 아직 확답을 주지는 않았지만 함께하리라 느꼈다.

"짝들은?"

"물론 데려갑니다."

"좋다, 함께하겠다."

벨포스는 자신의 결정을 확실히 표했다.

"감사드립니다, 마스터."

"마스터께서 함께해 주시니 든든합니다."

카시아스와 샤막은 벨포스의 결정을 적극 환영했다. 이로써 클라니우스 가문의 모든 워리어스는 한 배를 타게 되었다.

살아도 같이 살고 죽어도 함께 죽는다.

 진정한 동료가 된 것이다.

 "줄리아라는 여인에 대해서는 더 알아볼 테니 너무 걱정하지 마라. 알겠지?"

 "네, 마스터."

 벨포스는 샤막을 위로하며 힘을 실어주었다.

 "마스터, 환영합니다!"

 "환영합니다!"

 테일러와 야콥이 들어와 벨포스의 합류를 축하했다.

 "한판 하자고 온 거 아니냐?"

 벨포스는 주먹을 불끈 쥐며 휘두르는 포즈를 취했다.

 "마스터도 참!"

 "그렇지 않아도 죄송한데 왜 그러세요?"

 테일러와 야콥은 머리를 긁적이며 어쩔 줄을 몰라 했다.

 "하하하!"

 "후후."

 자칫 살벌한 분위기가 될 뻔했던 만남은 한바탕의 웃음으로 끝을 맺었다.

WARRIORS

레지스탕스 지부.

"지부장님! 쥴리아라는 여인을 데려왔습니다."

"우리가 관련된 흔적은 남기지 않았겠지?"

벡스의 보고에 미카엘 지부장이 자리에서 일어났다. 카시아스의 첫 번째 요구는 완수되었다.

"물론입니다. 의심하지 못할 것입니다."

"어디에 있나?"

"몸 상태가 많이 안 좋아서 일단 의사를 불렀습니다."

"가지."

미카엘은 직접 쥴리아를 확인하러 나섰다.

똑똑.
덜컥.
"우리 아이는요? 아이를 보게 해주세요. 부탁이에요."
미카엘이 들어오자 쥴리아는 매달리기 시작했다. 아이를 구했다더니 지금까지 아무도 아이를 보여주지 않았기 때문이다.
"잠시 진정하시오."
"제발 아이를 보여주세요. 쿨럭."
미카엘은 일단 쥴리아를 진정시키려 했지만 쥴리아의 귀에는 들어오지 않았다. 쥴리아에게는 오직 아이에 대한 걱정뿐이다. 쥴리아는 주변을 뿌리치며 미카엘에게 매달리다가는 피를 토했다.
"이런! 의사는?"
"오는 중입니다."
미카엘은 당황했다. 기침과 함께 핏덩이를 토해내는 게 무슨 병인지 알기 때문이다.
"제발 부탁이에요."
쥴리아는 울며 애원했다.
"잘 들으시오. 아이는… 이미 죽었소."

미카엘은 애원하는 쥴리아에게 차마 말하기 어려웠지만 언젠가는 알아야 할 일, 힘겹게 말해주었다.

"그, 그게 무슨……"

쥴리아는 심장이 철렁 내려앉으며 머릿속이 아득해졌다.

"로비우스는 처음부터 당신의 아이를 살려둘 생각이 없었소. 당신이 매음굴에 들어간 후 며칠 지나지 않아 아이는 죽었소. 우리가 확인한 사실이오."

미카엘은 쥴리아에게서 아이를 빼앗아간 후 벌어졌던 일들을 이야기해 주었다.

"아, 안 돼! 우리 아이가… 아아아……."

쥴리아는 온몸을 사시나무 떨듯 부들부들 떨었다. 눈앞이 캄캄해졌다.

"부인! 진정하시오."

"이럴 수는 없어. 이럴 수는… 아아아아악!"

쥴리아는 절규하며 머리를 감싸 쥐었다. 그동안 그 모진 고통을 견딘 이유가 무엇인가. 짐승 같은 로비우스가 시키는 대로 한 이유가 무엇인가. 그 모든 노력이 아무런 의미가 없었던 것이다.

"부인!"

"나도 죽여줘! 어서 죽여줘!"

쥴리아는 미카엘을 붙잡고 흔들었다. 이제는 살 이유가 없어졌다. 이 힘들기만 한 세상을 더 붙잡고 싶지 않았다.

"부인! 샤막을 생각해서라도 진정하시오! 샤막이 올 것이오. 그러니 이겨내야 하오."

미카엘은 어떻게든 쥴리아를 진정시키려고 했지만 소용없었다.

"아아아. 그 어린 것이…… 흐흐흑."

쥴리아의 눈에서는 하염없이 눈물이 흘러내렸다. 자신의 뱃속에나 나온 아이지만 제대로 안아보지도 못했다. 젖 한 번 물리지 못하고 빼앗긴 아이의 모습이 눈에 선했다.

"로비우스! 반드시 복수할 거야. 반드시! 쿨럭쿨럭!"

털썩.

쥴리아는 로비우스에 대한 복수심에 흥분하기 시작했다. 하지만 몸이 버텨내질 못하고는 그대로 정신을 잃었다.

"어서 눕혀라."

"환자는 어디 있습니까?"

마침 의사가 당도했다.

"계속해서 기침을 하고 핏덩어리를 토하고 있네. 어떤 상태인지 진찰해 보게."

"예. 잠시만."

의사는 한참 동안 쥴리아를 진찰했다. 진찰하는 내내 표정은 좋지 않았다.

"어떤가? 목숨에는 지장이 없는가?"

"후우우. 어렵겠습니다."

의사는 고개를 저었다.

"어렵다니?"

"폐병이 너무 깊습니다. 게다가 체력도 완전히 떨어진 상태고 몸이 성한 곳이 없습니다. 성병까지 걸렸는데 치료할 단계가 지났습니다. 지금 살아 있는 것도 기적일 정도입니다."

줄리아의 상태는 그야말로 최악이었다. 실력있는 의사였지만 신이 아닌 다음에야 살릴 도리가 없었다.

"낫게 할 수는 있겠나?"

"힘듭니다. 육체적으로나 정신적으로나 완전히 지친 상태입니다. 얼마 못 갈 것 같습니다."

"그런……. 얼마나 버티겠나?"

미카엘의 가슴도 꽉 막히는 기분이었다. 의사가 아니라고 해도 줄리아의 상태는 한눈에 보일 정도다. 어디를 봐도 정상인 부분이 없어 보였다.

온몸은 상처투성이에 여기저기 맞아서 찢긴 상처들로 뒤덮여 있었고 뼈와 가죽만 남은 것처럼 앙상했다.

어떻게 사람을 이 지경으로 만들 수 있는지 가슴이 떨릴 정도다.

"글쎄요. 열흘이나 버틸지 모르겠습니다."

의사도 쥴리아를 살리는 건 어렵다고 판단했다. 아니 숨을 이어가게 만드는 것도 힘들었다.

"샤막이 오려면 얼마나 남았지?"

"한 달 반 정도 남았습니다."

"으음. 최대한 치료해 주게. 낫게 하지는 못해도 조금이라도 더 살 수 있도록 말이네."

미카엘은 쥴리아에게 마지막 선물이라도 해주고 싶었다. 아이는 잃었지만 사랑하는 사람의 모습이라도 보고 눈을 감아야 하지 않겠는가. 샤막과 로비우스에 대한 이야기는 알고 있었지만 막상 쥴리아를 보니 가슴속에서 뜨거운 분노가 치밀었다.

왜 샤막이 위험을 무릅쓰고 로비우스를 찾아가 팔을 잘라버렸는지 충분히 이해가 되었다.

"최선을 다해보겠습니다. 하지만 한 달 반까지는 무리일 겁니다. 일단은 환자에게 살려는 의지가 가장 중요합니다."

의사는 미카엘의 마지막 선물도 쥴리아에게는 가능성이 없다고 보았다. 쥴리아는 온갖 고통 속에서 로비우스에 대한 원한에 사무친 채 눈을 감게 될 것이다.

"기구한 운명이군. 한 사람에게 사랑하는 이 모두를 잃다니……."

미카엘은 쥴리아의 가엾은 모습에 마음이 무거웠다.

"사람이 아니지요. 악마입니다."

"으음."

일리나는 로비우스에 대해 한마디로 정의를 내렸다. 세상에 악마가 존재한다면 아마 그런 모습일 것이다.

* * *

웅웅웅웅.

도가 낮게 울었다. 마나는 전신을 휘돌며 힘을 극대화했다. 카시아스는 몸이 깃털처럼 가벼워지는 느낌을 받았다.

"하앗."

간결한 기압성과 함께 마나가 폭발적으로 뿜어져 나왔다.

스파아아앗.

한줄기 섬광이 공간을 갈랐다.

쉬시시시싯.

도가 분열하기 시작했다. 한 개에서 두 개로, 네 개로 계속해서 불어났다.

"그래. 해보자!"

휘리리리릭.

카시아스는 도와 하나가 되어 솟구쳤다. 거대한 돌풍이 휘몰아쳤다. 돌풍은 칼바람이다. 바람에 스치는 건 모조리 베어진다. 이곳이 연무실이 아니었다면 당장 친위대가 달려왔을 만큼 돌풍은 위력적이었다.

"후우우우."

카시아스는 숨을 고르며 마나를 안정시켰다. 마나 고리를 끊고 새롭게 마나 수련을 한 지 세 달 만에 이룬 쾌거였다.

이전 세상에서의 검을 되찾았다. 더욱이 마나까지도.

짝짝짝.

카시아스는 박수 소리에 돌아봤다.

"테일러!"

테일러는 꽤나 놀란 표정이다.

"대단하군. 그게 네 힘인가?"

지난번 대결했을 때보다 월등히 강해진 모습에 테일러는 놀란 모습이다. 카시아스가 강하다는 건 알았지만 이 정도일 줄은 몰랐던 것이다. 과연 그의 도법은 대단해 보였다.

"이전 세상에서의 힘을 되찾았다."

카시아스도 무척 만족스러운 얼굴이었다.

"내 마나가 정상이었다고 해도 지금의 너라면 이길 수 있다고 장담하지 못했을 거다."

테일러는 마나 고리를 끊지 않았을 때의 힘으로도 지금의 카시아스에게 과연 이길 수 있을지 확신하지 못했다. 그만큼 카시아스가 보여준 도는 강맹한 힘을 담고 있었다.

"아직 멀었어. 난 더 나아갈 거니까."

카시아스는 이제 시작이라는 마음이었다. 노인의 말대로 자신이 특별한 존재가 맞다면 발전 가능성은 무한했기 때문이다.

"지금 우리가 배우는 마나 수련법으로도 가능하다는 말이지?"

"물론. 마나 수련은 어때? 이제 한 달째인가?"

"아직은 더뎌. 하지만 조금씩 속도가 붙는 느낌이야. 내가 알던 마나 수련법들과는 뭔가 다른 것 같다. 단전에 쌓는 마나 수련법 몇 개를 알고 있는데 완전 구렸거든. 이건 좀 나은 것 같아."

카시아스의 실력을 봐서일까. 마나 수련법에 다소 부정적이었던 테일러도 자신감이 생겼다. 비효율적이라도 생각했던 마나 수련법만으로도 카시아스와 같은 강맹한 힘을 발휘할 수 있다는 걸 알았기 때문이다.

"한 달만 더 있으면 달라질 거다."

"그렇길 바라야지."

테일러 역시 워리어스. 승부욕에서라면 누구에게도 뒤지지 않았다. 비록 카시아스의 도를 인정하지만 반드시 넘어서고 싶은 욕망 또한 공존했다.

"그런데 이상한 점이 있다. 나만 그런 건지는 모르겠지만."

"뭔데?"

"이전 세상에서 수련할 때보다 마나가 쌓이는 속도가 너무 빠르다. 불과 세 달 만에 이전 세상에서 이루었던 경지에 도달했거든."

카시아스는 수련하며 느꼈던 점을 이야기했다. 테일러는 이곳에 온지 십여 년이 되어간다. 이 세상에 대해서는 분명 배울 점이 많았다. 자신이 느낀 의문점들에 대한 답을 얻게 될지도 모른다.

"으음. 나도 이 세상에서의 수련이 내가 살던 곳에 비하면 빠르다고 느꼈다. 하지만 너만큼은 아닌데? 마나가 쌓이는 양은 꽤 빨랐지만 그건 마나 수련법이 뛰어나서 그렇다고 생각했거든."

"너도 느꼈단 말이지?"

"그래."

테일러 역시 카시아스가 느꼈던 점들을 이미 느껴왔다. 이유는 알 수 없지만 확실히 발렌티아 대륙은 무예를 수련하기에는 훨씬 유리한 환경인지도 몰랐다.

"두 가지를 생각해 볼 수 있겠군."

"그게 뭐지?"

카시아스는 나름대로 이유를 분석해 봤다.

"첫째는 말 그대로 이 세상의 환경이 우리가 살던 곳에 비해 마나 수련에 유리하다는 점이지."

카시아스는 발렌티아 대륙 자체가 소환되기 전의 세상과는 다르다고 보았다. 같은 마나를 수련해도 그 속도가 비할 수 없이 빠르다는 점 때문이다.

카시아스는 장군가에서 자라 어려서부터 마나를 수련해 왔다. 또한 운하일검 설하문을 만난 후 삼 년간 오직 무예에만 몰두했다. 이십여 년이 넘는 세월 동안 쌓아온 마나를 이곳에서는 삼 개월여 만에 따라잡았으니 그렇게밖에는 생각할 수 없는 것이다.

"그럴지도. 나도 이전 세상에 비하면 훨씬 더 강해졌으니까. 물론 지금은 마나의 양이 부족하지만. 두 번째는 뭐지?"

테일러도 카시아스의 의견에 어느 정도 공감했다. 테일러뿐만 아니라 워리어스 모두 그러한 생각을 가지고 있었기 때문이다.

"두 번째는 이 세상의 환경이 유리한 게 아니라 우리가 유리한 조건을 가지고 있는 거 아니겠어?"

"우리가?"

카시아스는 이번엔 다른 관점에서 바라보았다. 하지만 테일러는 무슨 의미인지 이해하지 못했다.

"차원이동을 하면 몸상태가 최적의 조건으로 변한다고

들었다. 우리의 신체는 가장 이상적으로 변한 거지. 그렇기 때문에 이전 세상에서보다 마나 수련에 유리한 건지도 몰라."

카시아스는 개미굴에서 노인이 해준 말을 떠올렸다. 노인은 분명 신체가 가장 이상적으로 변한다고 하지 않았던가. 그 말은 사실이었고 그러한 신체조건 때문에 이전 세상보다 성취가 빠른지도 몰랐다.

물론 카시아스는 그중에서도 신의 축복을 받은 존재라고 노인은 말했지만 그 부분은 아직은 알 수 없다.

노인의 말을 확인하기 위해서라도 카시아스는 계속해서 수련을 해 나갈 생각이다. 그 정점에 다다를 때까지.

"으음. 일리가 있는데? 나도 차원이동을 한 후에 몸이 달라졌다는 걸 느꼈으니까."

테일러는 이번에도 카시아스의 의견에 공감했다. 처음 소환되고 느꼈던 것이 체형이 달라지고 건강해졌다는 점이었다. 무예에 가장 적합한 근골로 바뀌게 된 것이 크게 작용했는지도 모른다.

"워리어스가 유독 강한 이유가 그것 때문인지도 모른다."

카시아스는 일반 기사들에 비해 월등히 강한 워리어스의 능력을 예로 들었다.

"그럼 우리는 이 세상 사람들보다 우월하다는 건가?"

"신체적으로는."

"이제 열흘 남았다. 할 수 있을까?"

"물론."

테일러는 내색하지 않으려 했지만 불안한 마음이 드는 건 어쩔 수 없었다. 이제 수백 년 만에 첫 역사가 이루어지려는 순간이다.

누구도 성공할 수 없었던 일.

이제는 아무도 시도하지 않는 그 일을 하려고 한다. 정말 성공할 수 있을지는 아무도 모른다.

"지금의 마나로 친위대를 상대할 수 있을지 모르겠다. 여기서 벗어나도 시 경비대와 기사단에게 쫓길 텐데."

테일러는 거사일이 가까워지자 고민이 더 깊어졌다. 처음에는 반란의 성공 여부에만 신경이 갔지만 이제는 그 이후까지도 마음에 걸렸다. 마지막까지 살아남지 못한다면 그건 성공했다고 볼 수 없는 것이다.

"열흘 동안 충분히 수련해 둬. 반드시 성공한다."

카시아스는 확신을 주었다. 아직은 레지스탕스의 도움을 받게 된다는 사실에 대해서는 말하지 않았다. 기댈 곳이 있으면 마음이 약해진다. 적어도 클라니우스 가문에서 나아갈 때까지는 레지스탕스의 도움을 바랄 수 없다.

어차피 성공 여부는 워리어스들의 손에 달린 것이다.

"그래. 이제 와서 약한 마음을 가질 필요는 없겠지. 그런데 넌 나가면 뭘 할 생각이야?"

"나? 부탁받은 일들을 한 후에… 이 더러운 세상을 바꿀 거야."

"훗. 꿈이 야무지군."

"그런가? 후후."

카시아스는 웃었지만 마음속에서는 불길이 치솟고 있었다. 눈을 감으면 세르게이의 마지막 모습이 스쳐 간다. 개미굴 노인의 한 맺힌 모습도 떠오른다.

잘못은커녕 자부심 높았던 그들을 짐승 취급하며 죽게 만들었던 이 세상에 대한 분노다.

웃고 즐기기 위해 서로를 죽이도록 만든 자들. 카시아스는 절대로 용서하지 않을 생각이다.

* * *

판테온 지부.

"셀린 소위!"

"네! 지부장님!"

"자네가 비잔티움 출신 아니었나?"

"맞습니다."

마우리안 지부장은 셀린 소위에 대해 이것저것 캐묻기 시작했다. 셀린 소위가 판테온 지부에 온 것은 삼 년 전. 하부조직에서 이런저런 활동을 하다 1년 만에 정식장교가 되어 지부에서 활동했기 때문이다.

"개미굴에서 빼돌려진 게 맞지?"

"맞아요. 아버님과 함께 아티나에 소환되었는데 그 후 저는 어딘가로 팔려가는 것 같았어요. 다행히 레지스탕스의 습격으로 저는 빠져나올 수 있었지요. 그런데 그 일은 갑자기 왜 묻죠?"

셀린 역시 소환수였다. 셀린은 이 세상에 오게 된 배경과 그 직후의 상황에 대해서 말해주었다. 이미 수도 없이 대답했던 내용이었기에 셀린은 의아했다.

처음 지부에서 활동하면서도 혹시 간자가 아닐까 하여 꽤나 심문을 받았기 때문이다.

"혹시… 도를 사용하는 사내를 알고 있나?"

"저는 탈출한 후에 줄곧 레지스탕스를 따라다녔는걸요? 그러다가 이곳에서 정식으로 장교가 되었구요. 요원 중에서도 도를 사용하는 사람들은 많이 있지 않나요?"

마우리안의 물음에 셀린은 고개를 갸웃했다. 도야 흔한 무기였고 딱히 누구 하나를 떠올릴 만한 인물은 없었기 때문이다.

"이곳에서 말고 자네가 살던 세상에서 말이네."

마우리안은 질문을 정정해 주었다.

"제가 살던 세상에서요?"

셀린은 왜 이런 걸 묻는지 전혀 이해할 수가 없었다. 다시 이전 세상으로 돌아갈 수 없다는 걸 안 이후에 셀린은 본래 살던 세상을 완전히 잊기 위해 노력해 왔다.

생각하면 할수록 괴로웠기에 차라리 기억에서 지우려고 한 것이다.

"그래. 도를 사용하고 거친 바람을 일으킨다고 하더군. 나이는 삼십대 초반 정도로 보인다고 하던데."

마우리안은 도를 사용하는 사내에 대해서 자세하게 묘사하기 시작했다. 물론 첩보대를 통해 받은 정보다.

"바람이요? 도를 사용하는 사내라면… 설마……."

셀린은 지웠던 기억을 다시금 떠올리기 시작했다. 도를 사용하는 사내. 셀린의 기억에 뚜렷하게 남아 있는 사내는 오직 한 명뿐이다. 아버지인 운하일검 설하문을 쫓아다니며 도전해 왔던 사내.

둘의 정이 싹터갈 때쯤 그 사내는 다음을 기약하며 떠났다. 다시 오는 날 함께하자는 말을 남기고. 하지만 그 후로 그 사내를 볼 수 없었다.

사내가 떠난 직후에 설하문과 설련은 소환진 아티나에 의해 이 세상으로 강제소환 되었기 때문이다.

 설련은 아버지 설하문을 다시 만나기 위해 노력했지만 불가능하다는 걸 알았다. 이전 세상으로 되돌아가는 건 더욱 어렵다는 것도. 하는 수 없이 자신을 강제로 소환한 이 세상과 싸우기로 마음먹은 것이다.

 그래서 택한 것이 레지스탕스. 그런데 그 잊었던 기억속의 사내를 지금 마우리안은 말하고 있다.

 "역시 아는군. 그자는 자네 아버님의 마지막을 함께 지켜주었다고 하네."

 마우리안은 셀린의 반응을 통해 둘이 아는 사이라는 걸 직감했다. 설련이 그렇게나 구하고 싶어했던 아버지의 마지막 소식을 전하는 마음은 편치 않았다.

 "그럼 아버님은……."

 셀린의 가슴이 세차게 뛰었다. 어느새 눈물이 고였다. 결국 아버지와는 개미굴에서의 모습이 마지막이 된 것이다.

 "비잔티움으로 가게. 그자를 만나게 될 것이야. 자네를 찾아달라고 했다는군."

 마우리안은 사내의 소식을 전해주었다.

 "아아. 그분이 이곳에 계실 줄이야……. 철웅……!"

설련의 슬펐던 감정도 철웅에 대한 마음으로 채워졌다. 다시는 만나지 못할 것이라 생각했던 사내가 지금 자신을 부르고 있다.

『워리어스』 제4권에 계속…

신풍기협 神風奇俠

FANTASTIC ORIENTAL HEROES

윤신현 新무협 판타지 소설

「수라검제」,「태양전기」의 작가 윤신현
우직한 남자의 향기와 함께 돌아오다!

사부와 함께 떠났던 고향.
기다리는 친구들 곁으로 돌아온 강진혁은
사부의 유언을 지키기 위해 강호로 나선다.
반드시 돌아오겠다는 약속을 남기고.

"믿어라. 난 결코 허언을 하지 않는다."

무인으로 살 것인가, 무림인으로 살 것인가.
고민을 안고 나아가는 강진혁의 강호행!

신의 바람이 불어와 무림에 닿을 때,
천하는 또 하나의 전설을 보게 되리라!

Book Publishing CHUNGEORAM

유행이 아닌 자유추구 -
WWW.chungeoram.com

기사도
chivalry

요람 판타지 장편 소설
FANTASY FRONTIER SPIRIT

2012년, 『제국의 군인』의 요람,
그의 새로운 이야기가 시작된다!

같은 세계, 또 다른 이야기!

몰락해 가는 체르니 왕국으로 바람이 분다.
전쟁과 약탈에 살아남은 네 남매는 스승을 만나고
인연은 그들을 끌어올려 초인의 길에 세운다.
그렇게 그들은 기사가 되었고
운명을 따라 흉성을 가진 루는 자신의 기사도를 세운다!

명왕기사(明王騎士) 루.

그가 세우는 기사도의 길에 악이란 없다!

Book Publishing CHUNGEORAM

유행이 아닌 자유추구 -
WWW.chungeoram.com

넘버원 Number One

FUSION FANTASTIC STORY

천륜 장편 소설

**'슈퍼스타K', '위대한 탄생'은 가라.
진정한 신의 목소리를 가진 자가 나타났다!**

동방 나이트클럽의 웨이터 유동현!
현실은 비천하나 꿈만은 원대하다!

"동방 나이트 웨이터 막둥이를 찾아주세요!"

그에게 찾아온 마법사 유그아넨과의 인연이
잠자고 있던 재능을 일깨우고,
포기하고 있던 가수로서의 길을 연다.

**시작은 기연이나 이루는 것은 노력일지니.
그대여, 이 위대한 가수의 탄생을 지켜보라!**

Book Publishing CHUNGEORAM

WWW.chungeoram.com

FUSION FANTASTIC STORY

백수, 재벌 되다

텀블러 장편 소설

현대물이라고 다 같은 현대물이 아니다!
전 세계적으로 활약하는 사내가 온다!

"초 거대기업 DY그룹의 회장이 내 아버지라고?!"

백수에서 초 거대기업의 후계자로,
답 없는 절망에서 희망으로!

"이제 아무것도 참지 않는다!"

세계를 뒤흔드는 한 남자의 신화를 보라!

Book Publishing 다솜 NGLORAM
WWW.chungeoram.com